D1721323

LA CAPOLISTA SE NE VA
… e un inviato le corre dietro

AUTORE

MANUEL PARLATO

Libro scritto nel mese di maggio 2023 riletto e completato nel mese di luglio 2023.

Copyright & disclaimer. Tutti i diritti sono riservati a norma di legge. Nessuna parte di questo libro può essere riprodotta con alcun mezzo senza l'autorizzazione scritta degli autori e dell'editore. E' espressamente vietato trasmettere ad altri il presente libro in formato elettronico e cartaceo. Le strategie adottate in questo libro sono frutto di anni di studio e di applicazione, il lettore si assume piena responsabilità delle proprie scelte d'investimento e dei rischi connessi. Il libro ha esclusivamente lo scopo di condividere le conoscenze. L'applicazione delle stesse e i relativi risultati dipendono esclusivamente dal grado di competenza e specializzazione del lettore.

DWS ® MODEL

Il metodo Dws® la formula segreta che aiuta a diventare autorevoli nel web

LA CAPOLISTA SE NE VA
… e un inviato le corre dietro

Autore

Manuel Parlato

© *2023 DWS*

1^ edizione luglio 2023

Indice dei contenuti

Introduzione

Capitolo 1
I campioni siamo noi

Capitolo 2
Da Carnevale a Osihmen

Capitolo 3
Il "Maradona" chiama Udine

Capitolo 4
La partita scudetto

Capitolo 5
Quel sogno nel cuore

Capitolo 6
33 anni d.D. (dopo Diego)

Capitolo 7
Due ere azzurre a confronto

Capitolo 8
Da un "capitano" e un "comandante" ad un georgiano e un coreano

Capitolo 9
Diario di bordo di uno scudetto

- Giugno 2022 Dimaro e Castel di Sangro, riti spirituali tra delusione, contestazione e agguati

- Luglio 2022 Rifondazione totale

- Agosto 2022 La contestazione di Rivisondoli con il sogno nel cuore e l'agguato a De Laurentiis

- Benvenuti a Verona

- Nostalgia canaglia

- Tra bufale di calcio-mercato e vecchi scoop

- Settembre 2022 Le prime certezze spallettiane prendono forma

- Settembre /Ottobre 2022 Due indizi fanno una prova

- Ottobre 2022 Il Napoli è inarrestabile

- Maturità olimpica e ottavi di Champions

- Novembre 2022

- Dicembre 2022 Da Diego a Leo, un altro segno del destino

- Gennaio 2023 Dal possibile crollo alla grande fuga

- L'addio a Vialli e l'arrivederci del Napoli

- La valanga azzurra travolge la Juventus

- Incontro con Corrado Ferlaino

- Salerno e Roma, le partite della fuga solitaria

- Febbraio 2023 Tra calcoli, premio Champions e trappole

- De Laurentiis vuole anche la Champions

- Da Francoforte ad Empoli, prova di forza devastante

- Marzo 2023 Lo sgambetto del Comandante in due mosse

- De Laurentiis non lascia, ma raddoppia

- È atterrato un extraterrestre: Kvaradona

- Il "G8" della Champions rovinato dagli "ultras"

- Il destino nell'urna di Nyon

- I "draghi" azzurri infiammano l'"Olimpico" di Torino

- Aprile 2023 Il Napoli batte anche la scaramanzia

- L'Aurelio furioso non si placa

- Lecce: la vittoria del cuore oltre l'ostacolo

- La pace di De Laurentiis con gli "ultras"

- Delusione Champions

- La madre di tutte le partite

- Lo scherzetto di Dia

- Maggio 2023 Campioni d'Italia, Campioni d'Italia, Campioni d'Italia

- Festa

- La festa rovinata da una P.E.C.

- La grande festa, tra gioia e lacrime

Capitolo 10
Tabellini

Capitolo 11
Il giornalista fai da te: il giornalismo 3.0 e le skill digitali

Ringraziamenti

Contatti

Sponsor

Introduzione

Del privilegio di esserci stato, sempre. Della tenacia che ci è voluta per poterlo dire tale: un onore, appunto, non un semplice avvenimento sportivo. Della passione verso una maglia accesa da un colore che non ha eguali. Dell'orgoglio di appartenere a un popolo, forse invidiato più che inviso, nelle cui vene scorre da millenni il nobile sangue di Partenope, sirena disonorata troppe volte dai soprusi di chi non ha perso mai occasione di stravolgerne la storia, di oscurarne le gloriose origini, di corroderne il futuro.

Queste pagine vogliono essere il tentativo di mettere nero su bianco la riconoscenza che uno "scugnizzo", sebbene nascosto oggi dai più civili abiti di "mezzobusto" inquadrato negli schermi, ha nutrito e continua, tuttora, a nutrire, per il fatto stesso di essere napoletano: riconoscenza nei confronti della sua città, delle sue radici e dell'onore che, da queste, ne consegue. Tanto più le rare volte che, nel suo golfo, arriva a soffiare il vento di un trionfo per lungo tempo atteso che, sovvertendo ogni pronostico, viene a interrompere *una tantum*, con un tocco di indelebile "azzurro", la deprimente litania biancorossonerazzurra sciorinata da decenni dal quasi monotono corso dell'albo d'oro della massima serie calcistica nostrana.

Dal primo scudetto all'ultimo appena cucitoci addosso, passando per il secondo, da tifoso assiepato nelle curve, tanto di casa quanto di ospite, a "inviato" che rincorre la capolista: da una stazione all'altra, da uno scalo all'altro, su e giù per lo stivale, e oltre. Migliaia e migliaia e migliaia di chilometri percorsi, per inseguire quel Napoli su cui nessuno avrebbe scommesso anche una sola scarpa vecchia, e per di più spaiata, l'estate scorsa appena, quando, al seguito di una rifondazione che ne aveva, per l'ennesima volta, stravolto l'organico, si vedeva strappare via dal grembo i suoi pezzi pregiati, spingendoli altrove, su scacchiere le cui caselle potevano essere riempite, ora, dai tanti zeri ripetuti in calce ai loro faraonici, nuovi contratti. E per la gloria di Nostro Sacro Bilancio,

9

s'intende...

Prima Insigne, "capitano" di lungo corso; poi l'inappuntabile "comandante" K.K.; poi, ancora, nientemeno che il *bomber* più prolifico nella storia della Società Sportiva Calcio Napoli: un calciatore, stando al suo passaporto di nazionalità belga, che le cronache di un quasi decennio vissuto alle pendici del Vesuvio raccontano, però, in giro per i vicoli dei Quartieri, come uno "scugnizzo" qualsiasi, anche dopo aver strabiliato migliaia di appassionati con un'invenzione tirata fuori dal cilindro del suo prolifico genio... quel "Ciro" Mertens che appena può, non a caso, fa ancora oggi capolino a Palazzo donn'Anna, pur avendo trasferito i suoi piedi sulle rive di Istanbul, sponda galatasarayana.

A distogliere gli "*aficionados*" dalle preoccupazioni suscitate in loro da questi celebri addii, arrivano due semi-sconosciuti, provenienti – non bastasse - da campionati le cui sorti sono storicamente state indifferenti alla gran parte di intenditori e non di quello sport, il "*soccer*" che, in Europa, ha conosciuto la sua culla e costruito il suo successo, a poco a poco divenuto planetario.

Dalla Corea del Sud arriva, infatti, Kim Min-Jae, un ragazzotto di 1,90 m, che atteggia lo stesso sorriso difficilmente decifrabile, quasi sfrontato, sul volto, in ogni circostanza; dalla Georgia, poi, sbarca un altro giovanissimo talento, taciturno questo, di pochissime parole anzi, quasi a compensare la lunghezza del suo nome, ai limiti dell'impronunciabilità: Kvicha Kvaratskhelia.

Dal 10 maggio 1987 al 4 maggio 2023, ben tre generazioni si sono riunite sotto la bandiera azzurra per festeggiare uno scudetto che, da quello vinto nel 1990 – il secondo – si faceva attendere ormai, da queste parti, da circa 33 anni: nonni, padri e madri, figli e figlie, nipoti.

A coloro, soprattutto, che non hanno fatto in tempo a gioire per un Napoli, di nuovo, capolista e a coloro che, troppo giovani, invece, non avevano ancora potuto vivere l'esperienza di vincere un tricolore a Napoli, va, infine, dedicato questo racconto; affinché, dal calcio "romantico" dei vari Bagni coi calzettoni scesi alle caviglie e, in assenza di maschere al carbonio, col turbante in testa pur di restare in campo dopo uno scontro, al calcio "moderno", espressione di una fisicità potenziata, forse ai limiti del lecito, da una preparazione atletica che ha ormai da tenere sempre più conto dei muscoli, e non soltanto del talento, un ideale abbraccio riunisca i tifosi azzurri, tutti, di ieri e di oggi.

Dalle magie irripetibili di Diego Armando Maradona, di Bruno Giordano e di Antonio de Oliveira Filho detto "Careca", a quelle di Victor Osimhen, di Kvicha Kvaratskhelia, del "Cholito" Simeone e di "Jack" Raspadori; dal goal di Marco Baroni contro la Lazio in quel lontano pomeriggio del 29 Aprile 1990, fino all'urlo furioso di Victor Osimhen alla "Dacia Arena" di Udine nella sera del 4 Maggio 2023.

Per molti, in questi 33 anni, vincere uno scudetto a Napoli è stato soltanto fantasticarne il senso, immaginarne i colori, risentirne il profumo, attraverso il nostalgico ricordo dei propri nonni o padri (o nonne e madri); o, tutt'al più, attraverso le immagini di repertorio, ora disponibili sulla miliardaria piattaforma di You Tube, dove – miracolo della tecnologia - sfilze di chiassose automobili scoperchiate, dipinte di azzurro quasi fino a toccare l'asfalto e con la "N" di borbonica memoria cerchiata lungo entrambe le fiancate, continuano imperiture a inscenare, per chi vuole, i loro festosi caroselli.

Finalmente, anche loro, anche i figli degli anni '90 e quelli venuti, poi, col nuovo millennio hanno potuto toccare con mano, vedere con i propri occhi e sentire con le proprie orecchie cosa succede a Napoli, quando si vince lo scudetto. Finalmente, anche per loro, non un racconto ingiallito, ma una storia reale, semplicemente, straordinariamente, meravigliosamente, è.

Un sogno nel cuore

Capitolo 1

I campioni siamo noi

"… il Napoli è Campione d'Italia!": l'ho urlato, non so quante volte, a squarciagola, non risparmiando il fiato, temendo quasi fosse soltanto un sogno, dal quale comunque, se anche lo fosse stato - soltanto un sogno - pregavo, mentre urlavo, di non riavermi mai più.

"Il Napoli è Campione d'Italia, il Napoli è Campione d'Italia, il Napoli è Campione d'Italia!…": ero tornato bambino, in quel preciso istante, al fischio finale di Udinese- Napoli.

In quello stesso istante, avrei voluto abbracciare mio padre, che non c'è più: sentivo la sua presenza forte, tanto quanto il calore dei tifosi azzurri sparsi ovunque sulle gradinate della "Dacia Arena".

Sventolano le bandiere, le sciarpe strette al polso roteano perpetuamente nel cielo, i cori mettono i brividi: "La capolista se ne va…" e, dopo aver macinato chilometri e chilometri col microfono in tasca, il sottoscritto pure si concede a qualche urlo brado, a briglia sciolta, con buona pace del *bon ton* televisivo; del resto, a compiere lo sforzo di contenere la mia felicità, in questa circostanza, ci guadagnerebbero soltanto i detrattori del mio stomaco, mi dico, e la mia ambizione non si spinge a tanto, non a fingere in questo momento di essere altro da quello che sono: un "ragazzo della curva B". E vai, dunque, con "… i campioni dell'Italia, siaaa-mo noi!… siaaa-mo noi!… siaaa-mo noi!". Salutate la capolista, anzi: i Campioni d'Italia! il Napoli!

Quel triplice fischio finale, a Udine, resterà per sempre nella memoria mia e dei 6 milioni di tifosi napoletani sparsi per ogni latitudine e longitudine del globo.

Intanto, l'arbitro Abisso nemmeno ha avuto il tempo di rimettere in tasca il fischietto che a Napoli esplode il capodanno fuori stagione di un'intera città; dallo stadio "Maradona" dove, per l'occasione, davanti a otto maxischermi installati su concessione del Comune, sono accorsi 50 milioni di spettatori – tra i quali il Presidente Aurelio De Laurentiis -, la festa impazza lungo ogni via, viuzza, viale, vicolo, piazza, largo, salita, sanpietrino della fu-capitale del Regno delle Due Sicilie: dalla collina del Vomero alla discesa di Coroglio, dalla *"casbah"* del rione Sanità ai vicoli di Monte di Dio, dai "bassi" dei Quartieri Spagnoli ai palazzi secolari di Posillipo, dalle "ammuinate" piazzette del rione Materdei alle arterie più desolate di quello di Traiano, passando per Mergellina, il Lungomare Caracciolo, Piazza del Plebiscito, Montesanto e Forcella, fino al Mercato, e oltre.

10 Maggio 1986, 29 Aprile 1990 e, oggi, 4 Maggio 2023: non c'è due senza tre. E ho avuto la fortuna di esserci, sempre, io: ero un ragazzino di quindici anni, davanti alla televisione, quando il piede destro di Andrea Carnevale, in diretta (trasmisero l'evento, su concessione della R.A.I., per evitare che un milione e passa di napoletani si muovesse all'unisono in

direzione dello stadio "San Paolo", per ovvi motivi di ordine pubblico), spinse lentamente la palla dell'1-0 nella porta difesa da Marco Landucci; ed ero un fresco diciottenne, in curva B, quando il colpo di testa di Baroni s'insaccò nella rete avversaria della Lazio; e sono oggi, da poco cinquantenne, in tribuna stampa, a commentare il terzo scudetto nella storia del Napoli Calcio, dalla "Dacia Arena" di Udine, per gli amici di Canale 21.

Dopo 33 anni: il più bel regalo che potessi ricevere dal mio mestiere. In barba agli scherzi maldestri che pure il fato, talvolta, mi ha tirato, durante la mia carriera di giornalista sportivo. Essere qui, ora, alla "Dacia Arena" di Udine, a raccontare il coronamento di un campionato vissuto all'insegna del più inaspettato e meritato dei successi, mi ripaga di tutte le amarezze.

Uno stra-dominio, per di più, quello azzurro, degli uomini allenati da Mister Luciano Spalletti, indiscusso: una marcia inarrestabile, quella del Napoli, che da "inviato" ho seguito e in-seguito, dal principio alla fine. Non senza il supporto indispensabile del mio fidato video-operatore, Fabio: 40.000 chilometri, insieme, a rincorrere taxi, ad acciuffare treni, a spiccare voli, a pernottare in hotel, giusto il tempo di una notte e, al mattino, di nuovo poi a rincorrere taxi, ad acciuffare treni, a spiccare voli…

Partendo dal ritiro di Castel di Sangro, dove lo scetticismo e la contestazione si contendevano la scena, fino alla festa "hollywoodiana" del 4 Giugno 2023, che ha chiuso il sipario sulla stagione da *record* del Napoli: migliore attacco della stagione (77); miglior difesa della stagione (28); miglior marcatore della stagione con Osimhen (24 goal); miglior *assist-man* della stagione (Kvaratskhelia, 10); miglior percentuale di possesso palla nella stagione (62%); maggior numero di tiri nello specchio della stagione (223); eguagliato il *record* del maggior numero di successi ottenuti fuori casa (14); *record* del numero di punti di distacco maggiore sulla seconda, alla fine del girone d'andata (12); eguagliato il *record* per il titolo con più giornate di anticipo rispetto alla fine del torneo (5).

Capitolo 2
Da Carnevale a Osihmen

La sveglia per la trasferta di Udine è di quelle da non tradire; faccio un profondo respiro: ore 05:00, pronti, partenza, via!

In direzione della stazione di piazza Garibaldi mi muovo, a passo spedito; la città dorme ancora, deserta di passanti, ma non di altre presenze che quasi aleggiano nell'aria: si respira tutt'intorno il coro di una festa, infatti, che presto esploderà.

Dall'emozione, quasi non ho chiuso occhio: ho trascorso la notte un po' come quando, da bimbetto, alla vigilia di Natale o dell'Epifania, fingevo di dormire, rannicchiato nel mio letto, origliando, nel silenzio rarefatto dall'attesa, i passi di Babbo Natale o della Befana avanzare verso l'albero piantato in salotto, per lasciarvi ai suoi piedi chissà quali doni, che presto avrei potuto finalmente scartare.

Il cielo è terso, non una nuvola minaccia l'orizzonte: non c'è una strada in cui non sia stato srotolato uno striscione, non c'è un balcone che non abbia l'asta della sua bandiera azzurra issata su qualche ringhiera. Una distesa d'azzurro copre le brutture di palazzi fatiscenti: forse farebbero bene a lasciare i festoni anche dopo, penso, ridendo...

In questo tripudio di fantasiose scenografie che stravolge, per una volta, la grigia ordinarietà del paesaggio urbano, riconosco quella stessa Napoli che, nel lontano 10 maggio 1987, avevo divorato con i miei occhi di quindicenne; un quindicenne alquanto temerario, va detto: all'epoca potevo vantare una militanza già di 3 anni da abbonato, prima in curva A, poi in curva B. (E continuai anche in seguito, a dire il vero, ad assicurarmi un posto in quel covo popolato da un'umanità, non sempre – va detto – bestiale così come il pregiudizio la dipinge: almeno finché me lo permisero l'adolescenza e una certa indifferenza nei confronti di ogni cosa che non fosse quell'enorme rettangolo di erba, solcato da nitide linee di gesso, con ventidue uomini in pantaloncini a corrervi sopra, insieme con un altro, vestito invece tutto di nero, a prendersi spesso una cascata di perle di jattura, che il vocabolario del nostro inimitabile dialetto riccamente dispensa). Del resto, a quei tempi, con Maradona che faceva brillare la sua immaginifica stella sotto il cielo di Fuorigrotta, cosa avrebbe potuto fare di meglio un ragazzino al quale piacesse giocare al pallone proprio non so...

Sul treno che mi porterà a Udine, salgono numerosi tifosi diretti a Venezia-Mestre. Fortunatamente è tornato possibile salire su un treno, viaggiare, spostarsi, dopo i due anni e passi di pandemia, ormai alle spalle, penso. Ricordando i primi viaggi che ho affrontato per il Napoli targato Spalletti, all'insegna dell'emergenza, di restrizioni, di lasciapassare e di divieti varii: gli stadi senza pubblico, i collegamenti "mascherati", le *mix-zone* riservate alle interviste del post-gara chiuse... Abbiamo dovuto raccontare un calcio senza il suo capitale più importante – i tifosi: quegli stessi che, oggi, vedo salire sul mio stesso treno.

Direzione: scudetto!

Da Carnevale a Osimhen: ero convinto che, prima o poi, il Napoli un altro scudetto l'avrebbe vinto di nuovo. Anche se, per qualche tempo della mia vita -esattamente dal 15 Gennaio 2011 - ho temuto di non poterlo raccontare, così come avrei desiderato... Ma è inutile snocciolare qui il triste racconto di come qualcuno possa arrivare a metterti il bastone tra le ruote: alla fin fine, le infamità tornano a chi le commette; chi, invece, agisce in buona fede viene protetto da qualcosa che è più grande di noi.

Quello che conta, oggi, è essere ad Udine. Aver goduto del privilegio di essere, tra i pochi, ad aver girato per città e stadi raccontando le gesta sportive di un Napoli che rimarrà nella storia, quello di Luciano Spalletti: due anni memorabili, che niente hanno da invidiare nemmeno a quelli che pure il popolo napoletano ebbe la fortuna di vivere durante l'epopea maradoniana.

E come il Napoli ha suscitato l'invidia di tutti gli addetti del settore e dei tifosi delle più blasonate squadre del Nord, così anche chi ne ha raccontato il recente cammino si è a volte scoperto preda di qualche sguardo livoroso di troppo, malcelato soltanto da un'affettata ipocrisia. Perché c'è sempre chi vorrebbe fare qualcosa al posto tuo...

Capitolo 3

Il "Maradona" si chiama Udine

Tutti collegati, dal "Maradona" alla "Dacia Arena". 6 milioni e passa di tifosi pronti a vivere la festa per il terzo scudetto della storia azzurra; il primo, nell'era dei *social*, della contemporaneità, della multi-medialità: pur distanti fisicamente quasi mille chilometri l'una dall'altro, la "Dacia Arena" di Udine, un impianto di nuovissima generazione, creato tanto per il calcio quanto per il *business* e l'*entertainment* e lo stadio "Maradona" di Napoli, tempio di culti calcistici da Sivori e Altafini, a Cavani e Higuain, passando per Maradona e Careca - intitolato, prima al Sole e poi, fino a qualche anno fa, a "San Paolo" - sono il teatro sconfinato di questo grande giorno.

Io sarò, in carne e ossa, a Udine, dopo aver macinato chilometri, per ogni trasferta. Dall'inizio del campionato 2022/2023, il calcolatore elettronico del mio IPhone ne ha contati 23.089 che, sommati a quelli percorsi durante le trasferte del campionato scorso 2021/2022, arrivano a superare la ragguardevole soglia di 40.000.

C'è chi pensa che andare in trasferta, in media una volta ogni quindici giorni - o anche meno, quando si giocano i turni infra-settimanali - per seguire una squadra, soprattutto quando è quella del cuore, sia una fortuna; o, meglio, un lavoro divertente, meno pesante di altri e, allo stesso tempo, appagante. È vero, lo è. Ma se, da un lato, la passione per il proprio lavoro di giornalista "inviato" nonché quella per lo sport in generale, e del calcio in particolare, è un'indiscutibile argomento a sostegno di questa tesi; dall'altro, va pure detto che le trasferte non sono certo soltanto passeggiate cosiddette di salute... Per ogni trasferta è richiesto un elevato livello di concentrazione; ogni minuto è prezioso, deve essere speso in base alla "scaletta" da rispettare, ai collegamenti da organizzare, agli spostamenti da effettuare: un solo secondo di contrattempo può intervenire a mandare all'aria quanto avevi, invece, meticolosamente programmato. Lo *stress*, fisico e emotivo, c'è tutto: l'adrenalina sale, gli zuccheri e i sali minerali si disperdono, a fiumi e le energie scendono di botto, fin sotto le suole delle scarpe quando, poi, non trovi neppure il tempo di mandare giù un panino (sempre che non si riceva in omaggio un cestino di vivande gentilmente offerto dal club di turno che ti accoglie). Insomma, la giornata è spesso un *rebus* che, in base agli avvenimenti, prenderà un verso o l'altro, ma tu devi essere pronto, in ogni caso, a rimettere sul giusto binario anche il più inaspettato degli imprevisti.

Il collegamento da Udine, poi, sarà epocale: non sono ancora arrivato e, al solo pensiero di ciò che mi aspetta, mi vengono i crampi allo stomaco. Non ho chiuso occhio, più di un caffè non sono riuscito a far scendere nella trachea: mi sento come se dovessi incontrare per la prima volta una donna che desidero ardentemente da non so quanto...

Appena sbarcati ad Udine, io e il buon fido Fabio ci precipitiamo all'Hotel 'Là di Moret', dove soggiorna la squadra dei futuri campioni d'Italia. Non bisogna lasciare spazio a nessun buco possibile nel racconto di questa "due giorni", il cui racconto sarà tramandato, poi, di generazione in generazione, nei secoli dei secoli. Fuori l'albergo si piazzano, oltre alle *troupes* di mezzo mondo, anche decine e decine di tifosi provenienti da ogni dove dell'Italia: qualcuno, dice, viene anche da altri paesi europei, e non. In prima linea c'è il "Napoli Club Udine"; ma non scherzano nemmeno le numerose comunità georgiana e coreana, venute, puntuali, a non far mancare il loro sostegno ai loro idoli di casa, Kvaratskhelia e Kim.

Capitolo 4

La partita scudetto

Il grande rammarico della città e della squadra azzurra è quello di non essere riusciti a festeggiare lo scudetto, una settimana prima, in casa contro la Salernitana. Il gol di Dia a sette minuti dalla fine ha strozzato in gola l'esplosione di gioia del "Maradona", dopo il vantaggio siglato da Olivera.

La verità è che il *countdown* per lo scudetto è iniziato già da qualche mese. Durante il campionato, la squadra di Spalletti ha dimostrato una supremazia di gioco nei confronti di tutte le avversarie - Inter, Lazio, Milan, Juventus e Roma - tale da mettere, inusualmente, come poche volte accade, d'accordo tutti. I numeri, del resto, parlano chiaro: a cinque giornate dalla fine, gli azzurri vantano un vantaggio di ben diciotto punti dalla seconda in classifica, la Lazio.

Quando il Napoli fa il suo ingresso nello stadio "Dacia Arena" di Udine, manca un punto, un solo punto, per cucire sulle proprie maglie il terzo scudetto della sua storia.

Il Presidente De Laurentiis che, in 19 anni, ha preso in mano la società conducendola dai campi del Pizzighettone e di Sora al Parc des Princes di Parigi e all'Anfiel Road di Liverpool, traversando indenne anche l'estenuante trincea della "B", non è con la squadra, bensì allo stadio di Fuorigrotta. Il suo rapporto con una parte della piazza non è stato mai idilliaco ma, oggi, nessuno sembra anche soltanto volerlo ricordare. Così come nessuno sembra voler ricordare che, ironia della sorte, oggi si gioca l'ultimo atto di questa brillante stagione contro la squadra del Presidente Pozzo; fu quest'ultimo a contendere la presidenza della Società Calcio Napoli, fallita nel 2004: fino a quando De Laurentiis, rompendo gli indugi, lanciò sul piatto un'offerta di 31 milioni di euro e di fatto la rilevò, chiamando al suo fianco, come direttore sportivo, un uomo dell'esperienza di Pierpaolo Marino – in forza, oggi, proprio nell'organico manageriale della squadra friulana.

22

La "Dacia Arena" è monopolizzata quasi interamente dal tifo partenopeo; anche in città, a Udine, del resto l'azzurro non scarseggia. È dalle prime luci dell'alba che sbucano bandiere in ogni dove.

Io e Fabio decidiamo di avviarci allo stadio ben 5 ore prima del *match:* i collegamenti in diretta saranno serrati tanto nel pre-gara, quanto nel post-gara. Un amico viene a prenderci in hotel per portarci allo stadio, meno male: perché trovare un taxi libero, oggi, sarebbe costato un'impresa... Dall'hotel dove ho pernottato, al seguito della squadra, fino alla "Dacia Arena", il tratto è breve, ma *clacson*, trombe, fumogeni, un continuo sventolio di bandiere e di sciarpe rendono ostico, persino per l'autista, destreggiarsi. Una piccola Piedigrotta si è letteralmente trasferita ad Udine per la grande occasione; la trasferta, infatti, è stata battezzata "*open*", sicché un mare di tifosi ha preso d'assalto il piccolo capoluogo del Nord-Est: i circa duecento tesserati del "Club Napoli Friuli", gli "Ultras '72" e altri gruppi organizzati della Curva B e quelli della Curva A al gran completo. Insomma, il fatidico dodicesimo uomo in campo non mancherà di certo...

Fabio, intanto, accende la telecamera e, alle mie spalle, accorrono in processione gruppi e gruppetti di tifosi di ogni tipo, che intonano cori alle mie orecchie, prima ancora che allo schermo: "Sarò con teeeee e tu non deeevi mollaaaaare, abbiaaaaamo un sooooogno nel cuoooooore, Napoli tornaaaaaa Campioneeeee, olèèè olèè!" o la sua variante più classica: "Vincereeemo vincereeeeeeeemo, vinceeeeeeeeeeeeeeemo il tri-co-loooor!". Ci sono padri che portano i propri figli sulle spalle, mogli che accompagnano mariti sull'orlo di una commozione – si spera: non cerebrale, nonni che, seppur stanchi ed affaticati dal viaggio, riescono non si sa come a stare in piedi: tutti, hanno voluto tutti, hanno voluto esserci, a tutti i costi. Vengono da ogni parte del mondo: da New York, da Buenos Aires, dalla Svizzera, dalla Germania…

Lo *speaker*, intanto, annuncia le formazioni: i fischi dei *supporters* friulani non scalfiscono gli *olè* di quelli di fede azzurra. Si comincia così, in una bolgia.

Tredici giri di lancette, e l'Udinese va sorprendentemente in vantaggio con un gol di Lovric: l'austriaco indovina il tiro della domenica, il suo destro si insacca all'incrocio dei pali, alle spalle di Meret, incolpevole. Il primo tempo passa via così, nel timore che anche questa seconda vigilia, dopo la partita contro la Salernitana di appena quattro giorni prima, possa rivelarsi preannunciatrice di un altro nulla di fatto.

Nel secondo tempo, però, il Napoli scende in campo con ben altro piglio: l'asse Di Lorenzo-Kvaratskelia accende il motore, confezionando un'occasione che Silvestri è bravo inizialmente a sventare, ma sulla quale Osimhen mette la freccia avventandosi come un falco famelico sul pallone: il nigeriano sfrutta la respinta corta del portiere bianconero, battendo in porta il goal che vale, finalmente, lo scudetto. Più della metà della "Dacia Arena" esplode, qualche secondo dopo soltanto seguita dai 50.000 in collegamento dal "Maradona".

Manca poco, ormai, alla fine della partita: Zielinski potrebbe segnare il 2-1, ma Silvestri para. Va bene così. L'emozione prevale: siamo nei tre minuti finali di recupero. Dallo studio centrale di "Napoli Campione" mi passano la linea per raccontare gli ultimi istanti della partita. Eccomi. Raccontare, dal vivo, la vittoria di uno scudetto del Napoli è stato il mio sogno sin da ragazzino: ora è precisamente il momento in cui lo sto realizzando, penso.

Poi non penso più, urlo, urlo soltanto: "… il Napoli è Campione d'Italia! il Napoli è Campione d'Italia! il Napoli è Campione d'Italia…".

Capitolo 5

Quel sogno nel cuore

Se sei un napoletano, tifoso della squadra di calcio della tua città e il Napoli ha appena vinto il suo terzo scudetto, non può non venirti in mente Massimo Troisi, e il suo "Ricomincio da tre": senz'altro, è stato questo uno tra gli *slogans* più gettonati sugli striscioni calati da una estremità all'altra della città. Così come "Scusate il ritardo" fu uno dei *refrain* più in vista, invece, tra quelli che furono affissi in occasione del primo, per raggiungere l'agognato traguardo del quale occorsero poco più di sessant'anni dalla fondazione del club partenopeo.

Sebbene il "Che v' sit' persi" appeso all'ingresso del cimitero di Poggioreale resti, indiscutibilmente, la trovata più memorabile che il genio tutto napoletano di condensare, con impareggiabili arguzia e teatralità, in una sola frase, il senso di un discorso - per articolare il quale altre lingue si perderebbero, forse, in chissà quanti retorici rivoli di inchiostro - sia riuscito a partorire per celebrare degnamente un evento tanto atteso quanto la conquista di un tricolore; il meno poetico, ma non per questo meno incisivo, "Vi abbiamo preso a pallonate", che campeggia attualmente in quel di Piedigrotta, quanto ad efficacia nel riassumere in cinque sole parole la voglia di riscatto che da secoli anima, ben al di là del risultato sportivo, il popolo azzurro, pure non scherza: noi, noi briganti zappatori camorristi contrabbandieri delinquenti spacciatori criminali, noi che soltanto il Vesuvio ci lava, noi che che col sapone non ci siamo mai lavati, noi che puzziamo, noi colerosi, noi anarchici, noi morti di fame, noi chiagnazzari, noi abitanti incuranti di ogni regola del vivere civile in una Gomorra ben più tragicamente reale di quanto non la dipingano gli episodi della pur riuscitissima omonima serie T.V., noi che abbiamo visto Maradona, noi che ci batte ancora il *corazon*, noi noi noi... Vi Abbiamo Preso A Pallonate, e basta.

Il mio sogno, così come quello di milioni di tifosi, è tornato ad avverarsi: vedere questa città in cima, davanti a tutte, una spanna sopra le altre. Perché "abbiamo un sogno nel cuore, Napoli torna campione".

D'un tratto mi rivedo tredicenne, con un orecchino infilato con le mie stesse mani, a crudo, nella tenera carne del mio lobo destro, per dare un'ennesima prova, così, della mia devozione nei confronti del "Pibe de Oro" (non potendolo emulare, ahimé, in campo), barricato dietro la porta della mia camera, a riempire quaderni di cronache, pagelle, commenti, statistiche, vignette, interviste immaginarie e foto ritagliate dal "Guerin Sportivo"; e a registrare su di un mangianastri marca Sharp cassette di ore e ore e ore della mia voce acerba, ma pur così spedita, mentre commenta, alla stregua dei mitici Ameri, Ciotti, Necco e Luzzi, le partite che andavano in onda, in T.V., rigorosamente ruotando la manopola del volume fino allo zero, in modo da silenziare del tutto le voci dei telecronisti della R.A.I. - quelli veri - deputati di fatto a condurla per milioni di spettatori.

E pensare che i miei mi avrebbero voluto avvocato…

Ma neanche il genitore più autoritario avrebbe potuto nulla con un ragazzino, come me, il cui solo pensiero, al mattino, era di scendere a comprare in edicola una copia di Sport Sud, una del Corriere dello Sport e una della Gazzetta dello Sport. La sola causa che sentivo di voler servire era quella del "pallone"…

Mi iscrissi alla scuola calcio del Pineta Football Club, di Fuorigrotta: ero tra gli "esordienti", ma la fame di certi miei compagni mi fece capire presto che la mia strada non sarebbe stata quella. No, non avrei dato calci ad un pallone, mentre migliaia di spettatori urlavano il mio nome. Ma, per migliaia di spettatori, un giorno, avrei urlato io il nome dei giocatori che, in campo, davano calci a un pallone: questo sì, avrei fatto il giornalista sportivo.

Così volevo: convinsi mio padre, in cambio della mia iscrizione alla facoltà di giurisprudenza, a iscrivermi contemporaneamente al corso di giornalismo organizzato dal Prof. Tramontano. Sicché cominciai a pubblicare gratis su alcune testate locali per prendere il tesserino da pubblicista mentre intanto, sul mio libretto universitario, gli spazi dedicati agli esami continuavano a rimanere vuoti, di un bianco accecante.

Mio padre mi mise spalle al muro, le alternative erano tre, mi disse: cominciare a dedicarmi seriamente agli studi di giurisprudenza, trovarmi un lavoro e portare a casa uno stipendio oppure intraprendere una carriera militare.

La prima si era già rivelata impercorribile; della seconda avevo semplicemente orrore: così, per esclusione, finii con l'optare per la terza. E, di lì a poco, vinsi il concorso per entrare nelle Forze dell'Ordine.

Capitolo 6

33 anni d.D. (dopo Diego)

33 anni: un'eternità.

Come gli anni di Cristo: dall'ultimo Dio del calcio, reincarnatosi in un argentino di Rosario, con la faccia da scugnizzo, Diego Armando Maradona, a oggi.

Correva l'anno 1990: sullo stacco imperioso di Baroni, favorito da una pennellata del "Pibe", s'infransero le residue mire del Milan stellare degli olandesi Gullit, Van Basten e Rijakard, di sacchiana memoria. La città poteva festeggiare il suo secondo tricolore, a distanza di soli tre anni dal primo. Il "San Paolo", per l'occasione, è tutto uno sventolio di bandiere azzurre: anche quel giorno il mio posto è in curva B, tra gli "ultras".

Durante quel campionato, oltre a tutte le partite in casa da pluri-abbonato, avevo spesso seguito il Napoli anche in trasferta: a

Firenze, a Bari, a Roma, sia contro i giallorossi che contro i biancocelesti. Fingevo di andare a pranzo da mio cugino, invece prendevo la metro, scendevo alla fermata di Piazza Garibaldi e salivo su un autobus o su un treno, a seconda della distanza, con la carovana azzurra.

A quei tempi il tifo si spostava in massa: le curve riuscivano a raccogliere almeno ventimila persone; dagli altri settori, ne convogliavano altri diecimila. "Sciarpa, torcia e biglietto: 50.000 lire". Già, quelle 50.000 lire che mio padre mi dava di paghetta il sabato, con la puntuale raccomandazione di farne buon uso - "non spenderli tutti insieme", diceva – io le spendevo interamente il giorno dopo per andare, di nascosto, in trasferta, con gli "ultras".

Del resto non era la sola trasgressione ai doveri di un buon figlio, quella. Marinavo la scuola, spesso, per andare allo stadio "San Paolo"; assistevo sugli spalti agli allenamenti del Napoli e, quando finivano, andavo a piantonare il cancello del sottopassaggio neanche fossi una guardia reale, e aspettavo lì, per ore, l'uscita dei miei idoli: Maradona, Giordano, Careca, Carnevale, Bruscolotti e tutti gli altri, pur di avere dalla mano di uno di loro anche il più illeggibile "scippo" su un foglio spiegazzato, che avrei poi gelosamente custodito in un cassetto chiuso a chiave. Non ero il solo, va detto. Eravamo sempre in tanti, lì fuori. Non a caso, i giocatori uscivano sfrecciando nelle loro auto di lusso. A volte partivo, sul mio Si Piaggio color verde bottiglia, all'inseguimento di quella in cui era Diego: all'inizio della sua avventura campana, aveva una Ritmo Abarth, ricordo; poi, passò a una Mercedes 190; e, infine, a una Ferrari Testarossa di colore nero. Anche in auto sembrava dribblasse: riusciva sempre a menarla per il naso a chiunque, Diego. Una sola volta mi riuscì di non essere seminato: gli stetti dietro fino al garage di Via Scipione Capece. Mi beccai un 'cazziatone' che, tuttavia, non sminuì di un decibel l'estasi del mio sorriso.

Capitolo 7

Due ere azzurre a confronto

Il primo scudetto è arrivato dopo anni di sofferenza di salvezze acciuffate all'ultimo minuto. Quelle che portano la firma di una coppia unica nel suo genere. L'iconico "Petisso", Bruno Pesaola e il vulcanico Gennaro Rambone - che ho avuto l'onore di vedere in panchina guidare una squadra, ormai già con un piede nella serie cadetta, fino al miracolo-salvezza.

La loro grinta, va detto, è poi rimasta intatta anche successivamente, quando lasciata ad altri la panchina, continuarono a dispensare la loro saggezza nelle arringhe dei salotti di qualche T.V. privata.

Il primo scudetto del Napoli, nella stagione 1986/1987, porta anche la loro firma; non fossero riusciti a salvare il club dal baratro della retrocessione durante la stagione 1982/1983, in quella successiva, è altamente improbabile che Antonio Juliano avrebbe potuto di fatto condurre in porto l'affare del secolo: ossia, l'acquisto di Diego Armando Maradona per 13 miliardi di vecchie lire, nel luglio del 1984. Quella salvezza ottenuta all'ultima curva può di certo, legittimamente, rappresentare una *sliding door* nella vicenda, ormai quasi centenaria, del pallone azzurro.

Usciti da quella "porta", infatti, sappiamo tutti quale piega abbia presto la storia del Calcio Napoli; nel breve arco di 7 anni, il club partenopeo riuscì ad arricchire di prestigiosi traguardi quel *palmares* che, dalla sua, durante il precedente sessantennio, aveva portato dietro la vetrina delle bacheche azzurre soltanto 2 Coppe Italia (1961/1962, 1975/1976), 1 Coppa delle Alpi (1966) e 1 Coppa di Lega italo-inglese (1976); per chi ancora non lo sapesse, lo ricordiamo cosa vinse la squadra partenopea capitanata del fuoriclasse argentino: 2 scudetti (1986/1987, 1989/1990), 1 Coppa Italia (1986/1987), 1 coppa U.E.F.A. (1988/1989) e 1 Supercoppa Italiana (1990).

In poche parole: un autentico rinascimento azzurro.

A cui seguì, come è facile che nella vita, non soltanto sportiva o calcistica, accada, una girandola di eventi infausti che, in poco più di un decennio, fecero precipitare il club di Corrado Ferlaino sul fondo di un fallimento societario dal quale, senza l'intervento del noto produttore cinematografico, Aurelio De Laurentiis, è lecito pensare che il recente successo del Napoli non avrebbe mai potuto conoscere la sua gloriosa alba – e, di conseguenza, che questo libro avesse, poi, mai potuto vedere la luce...

Riavvolgendo la pellicola, magistralmente girata dal nuovo Presidente, dai campi sconosciuti di Fermo e di Gela in serie C, il Napoli si ritroverà ad occupare, in poco meno di vent'anni, il 19° posto nella classifica "Ranking" per club, stilata nientemeno che dalla U.E.F.A.

Il primo "ciak" dell'era De Laurentiis si gira nell'estate del 2004. A Napoli il caldo torrido è asfissiante: non bastasse, la paura di sparire per sempre dalla mappa del calcio o, quanto meno, di dover ripartire da zero toglie, alla gola dei tifosi azzurri, quel po' di respiro che l'afa non aveva ancora del tutto smorzato. Il bilancio della società presenta un buco di almeno nove zeri: il fallimento, più che un'ombra, è uno spettro sul quale si riflette il timor panico dei sostenitori partenopei, più minaccioso di qualsiasi calamità naturale: quello di dovere tutt'a un tratto abituarsi, di lì a poco, a un'esistenza che i mille riti del calcio non scandiscono più. A un napoletano puoi togliere il cibo, puoi staccare la luce o il gas, puoi chiuderlo in un "basso" di neanche 30 mq a vivere con cinque figli e persino una suocera... ma non puoi togliergli il calcio, l'attesa della partita, il boato del "San Paolo", il commento al bar del lunedì, davanti a "'na tazzullella 'e caffé" .

I debiti accumulati dalle insipienti, precedenti gestioni hanno completamente divorato le casse del club; il bilancio è rosso fuoco: 80 milioni di debiti.

La mobilitazione dei tifosi è massiccia. Una situazione analoga si era già registrata durante la stagione 2000/2001; quando circa 5.000 tifosi, dopo uno sciopero ad oltranza, si decisero a scendere in piazza per manifestare il proprio ferreo dissenso verso la doppia presidenza targata Ferlaino-Corbelli: uno dei due era di troppo.

La posta in palio ora, però, è molto più elevata: a essere in gioco è la stessa sopravvivenza della Società Sportiva Calcio Napoli. Tutte le sigle storiche del tifo azzurro si sono riunite sotto un unico slogan: "Orgoglio Partenopeo". Nei momenti difficili, la compattezza è l'unica arma: lo sanno bene gli "ultras".

Del resto, anche le istituzioni locali sembrano avere ormai abbandonato l'ipotesi di riuscire a scongiurare il fallimento; una cordata di imprenditori locali ha raccolto 12 milioni: una cifra irrisoria, purtroppo, rispetto al mare di debiti della società.

Entra in scena Luciano Gaucci: il già proprietario del Perugia Calcio tenterà di rilevare il Napoli, usufruendo di un improbabile fitto di ramo d'azienda del club -   intanto finito sotto affidamento della curatela fallimentare, per l'ingenuità commessa dal suo proprietario attuale, Salvatore Naldi che, evidentemente mal consigliato, si risolse a portare i libri contabili della società presso la sede dl Tribunale fallimentare, onde avviare il procedimento.

Gaucci viene ritenuto dai tifosi l'unica ancora di salvezza, ma incontrerà nelle resistente del "Palazzo" nel quale si riuniscono i pezzi grossi che contano – quelli che manovrano, neanche troppo nell'ombra, i fili di quel grande circo mediatico che il calcio, di lì a poco, sarebbe diventato - un ostacolo insormontabile; tra lui e Franco Carraro, presidente della F.I.G.C., c'è un vecchio conto in sospeso, quello aperto dal T.A.R del Lazio, un anno prima, quando il Catania fu ripescato in serie B, costringendo Carraro a rifare i calendari, già stilati. A decidere, ora, se l'affitto del ramo d'azienda, che può salvare il Napoli dal fallimento, sia un'iniziativa percorribile o meno è, appunto, il Presidente Federale. La sola alternativa, qualora dal "Palazzo" Gaucci dovesse tornare a mani vuote, è legata al famoso "Lodo Petrucci": una procedura amministrativa che consentiva a una società calcistica, a cui fosse stata rifiutata l'affiliazione del suo titolo sportivo, di vederla conferita a una nuova società della stessa città, la quale sarebbe stata ammessa a disputare il campionato di categoria immediatamente inferiore a a quello di appartenenza. Il che, nel caso del Napoli, avrebbe voluto dire: serie C.

I tifosi non ci stanno ad accettare le condizioni dei potenti del pallone, decidono di scendere in campo, letteralmente: viene indetta una manifestazione allo stadio "San Paolo", alla quale prenderanno parte diversi artisti, personaggi dello spettacolo, politici. È l'ultimo atto di una storia che pure aveva conosciuto i fasti dell'epopea maradoniana.

È il 2 agosto 2004. Dopo settantotto anni e un giorno, la Società Sportiva Calcio Napoli, fondata il 1° agosto del 1926, nonostante i suoi storici trionfi, viene dichiarata ufficialmente fallita dalla VII Sezione Civile del Tribunale di Castelcapuano. Si celebra, così, il funerale della gloriosa società che fu di Maradona, ma anche dei vari Sallustro, Jeppson, Canè, Savoldi, Altafini, Careca.

Dopo il "crac", Luciano Gaucci, presidente del Perugia, Paolo De Luca, padrone del Siena e Riccardo Rosso, proprietario della Diesel, sono i tre candidati a rilevare il Napoli dal fallimento: offrono, però, soltanto garanzie, non denari freschi.

Inizia, così, l'estate più calda della storia calcistica della città partenopea. La telenovela conoscerà la sua fine il 6 settembre 2004. Il produttore cinematografico Aurelio De Laurentiis, proprietario della Filmauro, sorprendendo tutti, decide di scendere in campo, rilevando a sue spese la decaduta Società Calcio Napoli. "Au-re-lio! Au-re-lio! Au-re-lio!": lo accoglieranno così, invocandolo come un nuovo Messia, i tifosi azzurri, assiepati fuori al tribunale della Fallimentare.

De Laurentiis acquisterà il titolo sportivo, nonché il marchio Napoli, versando 31 milioni di euro in contanti alla curatela fallimentare: una cifra *record*, non solo per il fallimento di una società, ma anche per i tempi di magra che il calcio italiano cominciava a attraversare in quegli anni. La squadra campana dovrà ripartire dalla serie C/1; una categoria nella quale non ha mai militato nel corso della sua lunga storia: è così che ha deciso, però, la Federcalcio Italiana, guidata da Franco Carraro, pur senza un valido motivo giuridico-sportivo. Poco importa: quel che conta, per ogni napoletano che si rispetti, è l'avere azzerato finalmente i conti in rosso della società.

Il club viene ribattezzato "Napoli Soccer 2004": la maglia conserverà la "N" neo-borbonica e il colore azzurro-cielo.

Il 10 settembre 2004 si accendono i *flash*, si brinda con fiumi di *champagne* all'Hotel Excelsior, sul lungomare napoletano, per festeggiare la rinascita del neonato Napoli. Nel corso della conferenza stampa di presentazione della nuova società partenopea, il protagonista principale non può ovviamente essere altri che lui: Aurelio De Laurentiis, entrato nella storia azzurra all'improvviso, quasi di prepotenza, candidandosi come il Presidente della "Rinascita azzurra". Senza di lui, molto probabilmente, Napoli non avrebbe più avuto alcuna domenica di calcio. In quell'occasione, il produttore di successo consegnerà ai taccuini dei molti giornalisti, accorsi numerosissimi nella sala stampa del lussuoso albergo partenopeo, la seguente perentoria dichiarazione: "Di pallone ne capisco poco, ma sono venuto a Napoli per cambiare aria, per riportare la squadra ai vertici del calcio italiano e internazionale nell'arco dei prossimi cinque anni".

Una dichiarazione da vero *leader*, non c'è che dire; da anni, la gente di Napoli era priva di qualcuno in grado di rappresentarne le sorti calcistiche con così ferma autorevolezza: l'ultimo, in ordine di tempo, era rimasto nel cuore di tutti i napoletani, Diego Armando Maradona, si era alla fine degli anni Ottanta… Ma, con Aurelio De Laurentiis, comincia per la città e per i suoi tifosi, finalmente, un nuovo ciclo, un'altra storia, un'altra era…

Quanto alle scelte legate alla nuova dirigenza cui affidare il destino del rinato club, De Laurentiis destinerà l'incarico di Direttore Generale a Pierpaolo Marino, vecchia conoscenza del non facile ambiente partenopeo: Marino, infatti, era già stato dirigente per il Calcio Napoli diciassette anni prima, nella stagione 1986/1987 - quella del primo storico scudetto e della coppa Italia, per intenderci. La scelta, anche stavolta, non tradirà le ambizioni del nuovo Presidente: arrivato dall'Udinese, Marino riuscirà a ricostruire dal nulla una squadra in pochi giorni. De Laurentiis gli confermerà pubblicamente tutta la sua fiducia, soprannominandolo "il 'Maradona' dei dirigenti".

Quanto all'allenatore, invece, il non facile incarico verrà affidato, dopo un ballottaggio con Giovanni Vavassori, all'esperto Giampiero Ventura, ex-tecnico di Cagliari, Udinese e Sampdoria, tutte squadre di serie A.

In una città come Napoli, basta vincere due, tre partite di fila per far riempire lo stadio, perché il calcio fa tutt'uno col cuore della città. Ma, in questo caso, il popolo di fede azzurra supererà se stesso; senza alcuna garanzia, se non la voglia di riscatto di un'intera città, i tifosi corrono al botteghino a comprare l'abbonamento; per il campionato di serie C del nuovo Napoli targato De Laurentiis saranno in 19 mila: un vero *record*, per una squadra che ha avuto l'onore di avere tra le sue fila un giocatore del calibro di Maradona e che ora si ritrova, invece, a giocare in piccoli campi di provincia.

Napoli risorge e, con lei, i 6 milioni di tifosi azzurri sparsi per il mondo e, a dir poco, in ansia da un decennio per le sorti della società e i risultati della squadra.

Finalmente arriva il giorno della riscossa: quello della nuova "Rinascita azzurra". È il 26 settembre del 2004; si gioca la prima di campionato contro il Cittadella, squadra di un minuscolo quartiere di Padova: conta soltanto 846.000 abitanti contro i 3 milioni di Napoli.

La squadra azzurra è stata costruita in fretta e furia dal Direttore Generale Pierpaolo Marino. Le chiavi del motore vengono affidate a Giampiero Ventura. Non è una leggenda metropolitana, ma pura verità quella che racconta di come, nel ritiro di Paestum, mancassero addirittura i palloni per allenarsi: Montervino e Montesanto, giocatori che hanno accettato per primi la nuova avventura a scatola chiusa, andranno di persona ad acquistarli in un negozio.

I riflettori si accendono sul "San Paolo": a riempirlo ci sono ben 50 mila spettatori che affollano l'impianto per assistere a una gara, pensate, di serie C. È l'ennesima testimonianza della fede del popolo azzurro, che ha fame di calcio e vuole a tutti i costi tornare in paradiso: neanche si trattasse di una finale di Champions League contro il Real Madrid... Sul terreno di gioco non ci sono Maradona, Careca, Giordano, Ferrara e Alemao, gli eroi degli indimenticabili scudetti e delle coppe: i tifosi, però, corrono ugualmente allo stadio per acclamare i nuovi beniamini. Si chiamano: Gennaro Scarlato, napoletano D.O.C., eletto capitano della squadra; Roberto Sosa, il "Pampa", centravanti di origine argentina, come l'idolo degli spalti, Diego Armando Maradona; Giovanni Ignoffo, al quale toccherà in sorte di siglare la prima storica rete del "Napoli Soccer" in serie C/1, mandando in delirio i 50.000 del "San Paolo".

Sulle gradinate, i tifosi azzurri espongono uno striscione gigante con il volto di Franco Carraro, presidente della F.I.G.C.; la scritta è inesorabile: "INFAME". A loro avviso - e anche ad avviso di gran parte della stampa napoletana, a dire il vero -, Carraro è colui che ha fatto poco o nulla per salvare il club dal fallimento.

La partita finirà 3-3: tanti gol, tante emozioni, ma solo un pareggio. La gente, però, torna a casa felice ugualmente, anche senza aver ottenuto la vittoria: ha ritrovato il Napoli e, soprattutto, quella maglia azzurra che avrebbe potuto non vedere più se non fosse stato per De Laurentiis.

La domenica successiva, va di scena il *derby* con l'Avellino: i tifosi che accorrono al "San Paolo" sono addirittura 70.000, un altro *record* per il Napoli e per i suoi tifosi. 10.000 spettatori in più di quelli accorsi per assistere alla semifinale di Champions League tra Juventus e Liverpool, per capirci... Il *derby* finirà con un altro pareggio, stavolta a reti inviolate: 0-0.

La squadra stenta a decollare, sia sul piano del gioco che su quello dei risultati. Ventura viene esonerato: a prendere il suo posto arriverà Edy Reja, un allenatore esperto in fatto di promozioni. La squadra viene ricostruita nel cosiddetto mercato di "riparazione". Arriveranno due attaccanti di razza: il brasiliano Inacio Pià, dall'Atalanta ed Emanuele Calaiò, dal

Pescara. Non ultimo: l'esperto regista Gaetano Fontana. Il "Napoli Soccer" comincia, a testa bassa, la sua risalita: in 15 gare conquisterà 10 vittorie, 4 pareggi e perderà 1 sola volta, nel derby di ritorno contro l'Avellino. Finirà il campionato al 3° posto riuscendo, così, ad agguantare i *play off* per tornare in serie B.

De Laurentiis fa un bel regalo alla tifoseria azzurra annunciando: "Io ho sempre tenuto da parte la vecchia denominazione S.S.C. Napoli, che avevo acquistato dal Tribunale. Poiché non volevo che, in quella storica denominazione, ci fosse un anno di serie C, in un attimo mi sono inventato la denominazione 'Napoli Soccer', che però, fino a ora, ci ha portato abbastanza bene. Finiti questi *play off* ritorneremo, se andiamo in B, alla vecchia denominazione. Se non andremo in B, chiederò ai ragazzi del 1926 il permesso di anticipare la ridenominazione".

La storia riattacca così, definitivamente, la pellicola spezzata.

Capitolo 8
Da un "capitano" e un "comandante" ad un georgiano e un coreano

L'estate 2022 è di quelle bollenti: il termometro in città fa registrare punte *record*. Anche la temperatura del tifo è caldissima. La delusione, per l'ennesima occasione perduta di poter vincere il terzo scudetto, è palpabile. Per di più, c'è aria di ricostruzione in un clima di assoluto malcontento. I pezzi pregiati della collezione stanno andando via uno ad uno. La strategia del club, questa volta, non prevede una sola cessione eccellente, così come già accaduto nel recente passato: Lavezzi, Cavani, Higuain, giusto per fare qualche nome. Si vuole abbassare il tetto ingaggi e ridurre gli stipendi almeno del 40%`.

Un pezzo di storia sta per essere archiviata: il primo a non aver accettato le condizioni di un nuovo contratto al ribasso è stato il "capitano" Lorenzo Insigne. De Laurentiis si era spinto ad offrire, per lui, qualche manciata in meno rispetto alle cifre pattuite dal contratto, ora in scadenza: lo "scugnizzo" di Frattamaggiore, alla vigilia della sfida-scudetto contro i rivali storici della Juventus, ha già firmato un contratto faraonico da 7,75 milioni di euro, per 4 anni con opzione sul 5°, con il Toronto nel campionato M.L.S. La firma viene sottoscritta all'Hotel "S. Regis" di Roma, tra brindisi e *flash* con i procuratori e il Presidente del nuovo club.

È la fine di un epoca.

Come se non bastasse, anche il "comandante" K.K., Kalidou Koulibaly, in estate, vola al Chelsea per 38 milioni di euro, dopo 236 battaglie in maglia azzurra, 2 Coppe Italia e 1 Supercoppa italiana. E lo spagnolo Fabian Ruiz decide, poi, di andare al P.S.G.: un affare da 23 milioni di euro.

Ma l'addio più eccellente è quello che vedrà coinvolta l'anima del Napoli che fu di Sarri: Dries "Ciro" Mertens, l'uomo dei *record*, colui che in maglia azzurra ha segnato più di tutti, superando anche un certo Diego Armando Maradona... La telenovela del "resta e rinnova" o "va via" tiene banco per tutta l'estate.

Dopo 9 stagioni in maglia azzurro, e 113 marcature al suo attivo, lo "scugnizzo" d'adozione non trova l'accordo con il presidente De Laurentiis e si trasferisce in Turchia, al libro paga del Galatasaray.

La ricostruzione si è rivelata una vera e propria epurazione: il malcontento soffia minaccioso sui campi di Castel Volturno. Nei bar della città, come nelle T.V. private, non si fa altro che parlare della fine di un ciclo e di un Napoli destinato a dover lottare con i denti per tornare ai vertici del campionato.

Ai nastri di partenza, il Milan campione d'Italia, la Juventus, l'Inter, ma anche la Roma e la Lazio, quanto a "rosa", sembrano superiori. Tutte si sono rinforzate, a Napoli vogliono un pezzo grosso, che non arriva: l'estroso Dybala, per lungo tempo al centro di una vera *bagarre* di mercato, firma con la Roma, mentre Napoli resta alla finestra. I piani della dirigenza non prevedono acquisti altisonanti, ma mirati: giovani talenti, a prezzi accessibili. Seguendo questa linea, è stato acquistato il cartellino di un giovane georgiano, ai più semi-conosciuto: Khvicha Kvaratskhelia, classe 2001. Il Direttore Sportivo Giuntoli lo segue da tempo, ma l'affare decolla soltanto quando inizia l'invasione in Ucraina da parte della Russia: Kvara decide di tornare in patria, di lasciare il Rubin Kazan e di accasarsi alla Dinamo Batumi per 2 anni. Il Napoli entra in azione e anticipa tutti, bloccando il talento georgiano con un contratto quinquennale da 1,2 milione, pagandolo appena 10 milioni.

Basteranno poche giornate e sarà sotto gli occhi di tutti il valore di quest'operazione.

Capitolo 9

Diario di bordo di uno scudetto

Da qui inizia il diario di bordo di una stagione incredibile.

Non possiamo non partire dal doppio ritiro di Dimaro e Castel di Sangro, caratterizzato dallo scetticismo più assoluto; e conclusosi, di fatto, in alcune manifestazioni di contestazione organizzate dalla frangia del tifo più insofferente nei confronti delle scelte del "patron" De Laurentiis: quella che fa capo alla sigla "A16". Il riferimento all'omonima autostrada Napoli-Canosa non è casuale: si vuole invitare il Presidentissimo a prendere la via di Bari, l'altro club in gestione alla famiglia del produttore cinematografico. A farsi da parte, così, dopo gli addii mal digeriti di Insigne, Mertens, Koulibaly, Ghoulam e Ospina: pedine considerate dai più ancora indispensabili, che il Presidente, però, ha deciso di lasciare andare.

Anche Luciano Spalletti non si salva, agli occhi iper-critici della fazione contestatrice degli "ultras" partenopei; a loro avviso il tecnico toscano è reo, nell'appena trascorsa stagione, di aver mancato l'occasione di riportare alle pendici del Vesuvio uno scudetto che, fino a poche giornate del termine, era sembrato potesse essere alla portata degli azzurri: ma un solo punto guadagnato nei due scontri diretti casalinghi contro le milanesi, dirette avversarie e, ancora più, la clamorosa sconfitta riportata al Castellani di Empoli – da 0-2 a 3-2 in soli 7 minuti - decretarono, in un momento *clou* del campionato, la fine di ogni speranza di rivedere sulle maglie del Napoli ricucito il tanto agognato (terzo) tricolore.

Non bastasse, qualche attrito intestino tra gli stessi presidente e allenatore non favorisce certo la distensione dell'ambiente. Del resto, da due tipi "tosti" di tal fatta non può che venir fuori un *mix* potenzialmente esplosivo, ad alta infiammabilità. Tanto permaloso Spalletti, quanto vulcanico e imprevedibile De Laurentiis.

Il culmine viene raggiunto con il furto della Panda di proprietà del mister di Certaldo: non bastasse il danno, uno striscione appare qualche giorno dopo all'ingresso del campo di Castel Volturno: "Spalletti, la Panda te la restituiamo: basta che te ne vai". Firmato: i "mariuoli". La beffa è così servita.

L'acquisto, dal Sassuolo, della giovane promessa Giacomo Raspadori, già in odore di nazionale, proprio allo scadere della sessione estiva di calcio-mercato, attenua soltanto in parte le bizze di un clima elettrizzato dai fulmini dei tifosi napoletani.

Il campionato 2022/2023, sul quale eccezionalmente, per la prima volta, pende la sosta per i Mondiali di calcio in Qatar a soltanto 3 mesi dal suo inizio, partirà per il Napoli all'insegna, così, dell'incertezza: per gli addetti, nelle consuete griglie di pronostico che vengono stilate al principio di ogni stagione, è una squadra competitiva, ma non all'altezza, certo, di divenire capolista.

Presto tutti dovranno ricredersi.

La partenza, in quel di Verona, intanto, per cominciare, sarà col botto...

Giugno 2022

Dimaro e Castel di Sangro, riti spirituali tra delusione, contestazione e agguati

Pronti via, si parte. Il doppio ritiro ormai è divenuta una consuetudine consolidata per il club di De Laurentiis: prima Dimaro, poi Castel di Sangro.

La pandemia sta per fortuna, piano piano, allentando la sua morsa. Il virus, dicono gli esperti, gira ancora, ma la sua virulenza e la sua pericolosità sono diminuite, dopo due anni trascorsi a contare decessi, ospedalizzazioni, malati gravi. Già soltanto per questo ci sarebbe da respirare un'aria distesa, serena e promettente ma, sia a Dimaro che a Castel di Sangro, non è così: l'ambiente che gravita intorno alla squadra, anzi, è pesante, si mantiene freddo, nessuna traccia di entusiasmo.

La scelta presa ai vertici dirigenziali del club di rifondare la squadra attenendosi al principio prioritario di salvaguardarne il bilancio fa a cazzotti con la spasmodica voglia della piazza di vincere finalmente il terzo scudetto.

Sono anni che il Napoli ci va vicino, senza però riuscirvi: ai tifosi è rimasto indigesto, soprattutto, lo "scippo" di cui fu vittima il Napoli del condottiero Maurizio Sarri – quel Napoli che espugnò per la prima volta nella sua storia lo Stadium della Juve, con un'incornata al 90' di Kalidou Koulibaly e che andò a giocarsi, nella successiva trasferta di Firenze, lo scudetto a -1 dalla capolista... se non fosse che la Juve, nell'anticipo del sabato che inaugurò la 35° giornata del campionato 2017/2018, andò a sbancare il "Meazza", in uno dei *match*, contro l'Inter, più vivisezionati dalle moviole televisive dell'ultimo decennio, riportandosi così a +4 dagli azzurri, intanto seduto su un divano, in hotel, a Firenze, davanti alla T.V...

Neppure Spalletti è convinto della rifondazione attuata dalla società: a preoccuparlo è, soprattutto, il buco in difesa lasciato da un baluardo come Kalidou Koulibaly.

Insomma, l'unico a conservare un atteggiamento positivo, guardando alla stagione ormai alle porte, è De Laurentiis. Durante la conferenza stampa che inaugura il ritiro, è l'unico ad azzardare nominare la parola "scudetto". Ci mette la faccia, il Presidente, come è da sempre nel suo stile; mentre dichiara sfacciatamente i suoi intenti, le telecamere riprendono per un istante Spalletti che, al suo fianco, atteggia il viso a un'espressione che la dice lunga, di contro, sulle sue perplessità: il video, ovviamente, diventerà virale, da lì a poco.

Alle dichiarazioni del "patron", nessuno sembra prestar fede. La frangia contestatrice dei tifosi, anzi, rincara la dose: in città spuntano, in tutta la loro eloquenza al vetriolo altri striscioni, tra l'ironico e il diffamatororio. "Tre pacchetti: 10 euro. Pezzente, non parli più? Paga i debiti e sparisci!". E ancora: "A.A.A. Cercasi presidente, anche senza passione, ma non affarista, arrogante e buffone".

In occasione della presentazione della squadra, sul palco di Dimaro, piovono fischi, appena lo *speaker* preannuncia il nome di Aurelio De Laurentiis; al punto che si ritiene necessario far scattare l'allarme sicurezza per il "patron": il Presidente, da lì in poi, si chiuderà letteralmente in un silenzio assoluto, trincerandosi nell'hotel riservato agli azzurri, eletto a diventare il quartier generale delle operazioni di mercato. Si lavora notte e giorno per rifondare, nel migliore dei modi, la nuova squadra da affidare a Mister Spalletti.

Anche il D.S. Giuntoli, per la prima volta da quando ha messo piede a Napoli, ci metterà la faccia; in una conferenza stampa-fiume, dichiara: "Non è un periodo complicato, solo di rinnovamento. Siamo l'unica società che, in 14 anni, in Italia, ha fatto 8 anni di Champions. La famiglia De Laurentiis ha tutto il credito per essere applaudita, e non criticata. Veniamo da annate difficili e, come delle buone famiglie, dobbiamo rimettere a posto alcune cose, senza toccare troppo la parte tecnica. Pensiamo di prendere bravi ragazzi che un giorno faranno parlare di sé. Cerco sempre di fare il massimo per il bene di tutti: azienda, tifosi, giocatori. Finchè sarò qui, il mio compito è questo".

È, appunto, il tema mercato a tenere banco, a interessare di più. Il club sta trattando con il Fenerbahçe l'acquisto di un difensore, il sudcoreano Kim Min-Jae. "Lo stiamo seguendo come tanti altri", risponde Giuntoli, "stiamo facendo le nostre valutazioni". Quanto all'argomento Dybala, il talento argentino che la piazza di Napoli reclama a gran voce, il D.S. azzurro lo stronca, senza troppi giri di parole: "Abbiamo pensato che fosse un'opportunità, gli abbiamo parlato e abbiamo capito che non siamo per lui".

Luglio 2022

Rifondazione totale

Castel di Sangro è una valle deserta: il campo del Teofilo Patini, anche durante gli allenamenti a porte aperte, mostra diversi vuoti sugli spalti: i tifosi azzurri si contano sulla punta di una sola mano. C'è scetticismo da parte dei tifosi di ogni orientamento, anche da parte di quelli meno oltranzisti nei confronti di De Laurentiis e della società.

A pochi giorni dall'inizio del campionato, c'è ancora il caso Meret a tenere banco. Resta o va via? Presa la decisione di non rinnovare il contratto al colombiano David Ospina, 'El Padron' (pare avesse un certo ruolo all'interno dello spogliatoio), la società ha avviato alcune trattative con l'obiettivo dichiarato di assicurarsi un portiere di esperienza, di caratura internazionale: c'è da fare una Champions, per avversari avremo le squadre più temibili dei campionati europei.

Spalletti è stato chiaro e perentorio: vuole ben due portieri esperti, almeno due. Meret potrebbe anche andare bene come secondo, se dovesse arrivare uno tra Kepa, dal Chelsea o Navas, dal Psg.

Agosto 2022

La contestazione di Rivisondoli con il sogno nel cuore e l'agguato a De Laurentiis

De Laurentiis è blindato nel *resort* di Rivisondoli: non è mai uscito da quando il Napoli ha iniziato il ritiro in Abruzzo. Non si conta nemmeno un *blitz*, da parte del Presidente, al Teofilo Patini per assistere anche soltanto a un minuto di allenamento della squadra, in via di costruzione. Lui e Giuntoli lavorano notte e giorno, incessantemente, per dare a Spalletti una rosa competitiva in grado di dire la propria tra le altre.

Le squadre rivali del Nord e le romane, sia sponda giallorossa che biancoceleste, si sono rinforzate, almeno sulla carta. Il Milan è già campione d'Italia; l'Inter ha una squadra zeppa di giocatori con esperienza europea; la Juventus ha ingaggiato l'argentino Di Maria e riportato a Torino Pogba dal Manchester United; anche alla Roma di Mourinho e alla Lazio di Sarri, al loro secondo anno sulle rispettive panchine della capitale, viene dato maggior credito che al Napoli.

Il calcio-mercato è l'unica strada per migliorare la squadra. La piazza ribolle, il tempo stringe. De Laurentiis fa l'"uccel di bosco".

Il 2 agosto, nel giorno del 96° compleanno della Società Sportiva Calcio Napoli, un gruppo di un centinaio di "ultras" decide di salire a Rivisondoli: con fumogeni illuminano il *resort*, presidiato da diversi poliziotti, intonando cori per la squadra e contro il "patron". La spaccatura sembra definitiva.

Ma De Laurentiis continua imperturbabile il suo lavoro. Siamo ormai agli sgoccioli del secondo ritiro di Castel di Sangro: il Presidente ha latitato anche le quattro amichevoli pre-campionato della squadra. Anche la scelta di far pagare un prezzo per assistere in streaming alle gare preparatorie su Facebook incontra il disappunto della stragrande maggioranza

48

dei tifosi azzurri.

Il Napoli, intanto, è nel bel mezzo della trattativa per assicurarsi il cartellino di Giacomo Raspadori, individuato come il successore ideale per rimpiazzare Dries "Ciro" Mertens. L'investitura è onerosa: nella contrattazione, per addivenire a un dunque, ballano un paio di milioni tra valutazione, ingaggio e *bonus*.

Spalletti fa stampare sulle casacche di tutta la rosa lo slogan del coro più gettonato dai tifosi: "Abbiamo un sogno nel cuore, Napoli torna campione". Osimhen, durante un allenamento, viene cacciato pubblicamente dall'allenamento per aver protestato in campo: "quest'anno, niente sconti, chi sbaglia va fuori" – sembra voler dire, con un gesto plateale che accompagna all'uscita dal campo il nigeriano, il tecnico toscano.

Viene il pomeriggio del 6 agosto 2022, mi arriva una soffiata: De Laurentiis, in serata, scenderà da Rivisondoli a Castel di Sangro. Era dal primo giorno del secondo ritiro che il Presidente non lasciava il "bunker" dell'"Acqua Montis", protetto, tra l'altro, dalle forze dell'ordine ventiquattro ore su ventiquattro. Quella sera si stava trasformando nell'occasione proprizia per strappargli nuovamente una battuta.

Una cosa è sicura: in questi casi, ci vuole un pizzico di intuito, tanta fortuna, ma tutto dipenderà, *in primis*, da come è predisposto il Presidente. Se ha voglia di parlare, con lui non c'è neppure bisogno di fare domande: se ha qualcosa da dire, parte a razzo, allargando ben presto il discorso anche ad altre tematiche; oltre a quelle sportive e calcistiche, la politica nello sport e nel paese, argomenti che spesso suscitano le risposte più piccate e senza peli sulla lingua da parte del "patron" azzurro.

Mi precipito nella *location* a pochi passi, dopo avere avvisato la redazione che di li a poco sarebbe arrivato A.D.L. Vedo, in lontananza, Spalletti seduto, ad attendere: dopo pochi minuti ecco sbucare, da un "Van" nero, il Presidente, con sua moglie Jacqueline, scortati dal capo-ufficio stampa Nicola Lombardo. La telecamera è già accesa, mi avvicino con il microfono e parto con la domanda diretta sulla trattativa Raspadori, ma vengo stoppato sul nascere, prima dal Presidente e poi dallo stesso Lombardo.

Il Presidente risponde che non parlerà con Canale 21: "ci sono delle persone composite lì: alcune molto intelligenti, altre meno...", dichiara. Non contento, interviene anche Lombardo, accusandomi di aver mosso addirittura un "agguato" al Presidente. Non ci sto, ritenendo inaccettabili le parole di Lombardo per un giornalista che sta facendo semplicemente il suo lavoro: mi ribello, controbattendo. Il video diventerà ben presto virale, scatenando un putiferio: alla fine, un comunicato dell'Ordine dei Giornalisti andrà a stigmatizzare pubblicamente l'accaduto. Arriveranno, in privato, telefonate di scuse: scuse che diventeranno, poi, ufficiali alla vigilia del *match* di apertura del campionato contro il Verona.

Benvenuti a Verona

"Benvenuti in Italia". "Africani". "Vesuvio lavali col fuoco"...
Sembra trascorso un secolo dal giorno del debutto di Maradona: era il 30 settembre 1984, stadio "Bentegodi" di Verona. Per l'occasione, il pubblico di marca scaligera decide di dare il meglio di sé, in fatto di accoglienza…
Al tempo, i gialloblu erano la squadra dei miracoli costruita da Osvaldo Bagnoli: la stessa che avrebbe vinto un impensabile scudetto di lì a poco. Claudio Garella, tra i pali; Volpati e Marangon, terzini; Tricella, libero; il coriaceo Briegel a centrocampo, coadiuvato dalle geometrie di Di Gennaro e dalle sgommate sulla fascia di Pierino Fanna; in attacco il "Nanu" Galderisi e il ben piazzato danese Elkjaer.
Finì con una clamorosa *débâcle* per gli azzurri: 3-1.
Ma oggi è un'altra storia.
Sulla vigilia del *match*, a Castel Volturno, aleggiano tristi presagi: nessuno sembra voler concedere fiducia ai nuovi giocatori che De Laurentiis ha messo a disposizione di Spalletti e la tensione, anche nella consueta conferenza stampa del pre-partita, si taglia con il coltello. "Il Presidente", esordisce il tecnico toscano, "mi ha chiesto di riportare la squadra in Champions, e ci sono riuscito. Anche se alcuni calciatori sono andati via, ne sono arrivati altri: meno esperti, certo. Le ambizioni sono comunque altissime, quando si parla di Napoli. La rosa è stata ringiovanita, i costi sono stati ridotti: è vero, ci vorrà un po' di tempo per amalgamare tutto...". E aggiunge: "Sono certo, però, che questa squadra farà di nuovo innamorare la città". Del resto, a Napoli, è facile: basta una vittoria perché la piazza osanni, l'indomani, gli undici scesi in campo, e non soltanto loro…
Il mercato, intanto, è ancora aperto; e lo sarà ancora per un mese.
Giuntoli è alle prese con la definizione di due acquisti che, nelle

intenzioni del Presidente, devono andare a completare la "rosa": Raspadori, dal Sassuolo e Simeone, da Verona. In loro attesa, per l'esordio in terra veneta, scenderà in campo con i giocatori attualmente disponibili.

Dopo nemmeno mezz'ora, su dormita generale della difesa partenopea, gli scaligeri passano con Lasagna. Ma, dopo appena 8', è Kvaratskhelia a pareggiare i conti, bagnando il suo battesimo la prima marcatura in serie A. Allo scadere del primo tempo, Osimhen porta in vantaggio il Napoli ma, dopo l'intervallo, è tutto da rifare: la ripresa, infatti, è cominciata da soli 3', e il Verona fa 2-2, con Henry, su un'altra sanguinosa disattenzione difensiva dei partenopei.

Il Napoli, però, non demorde, anzi ingrana un'altra marcia: il georgiano Kvaratskelia regala un *assist* al bacio a Zielinski, che non se lo fa dire due volte e insacca la rete che vale il vantaggio: 3-2.

Poi Lobokta e Politano renderanno più rotonda l'impresa, chiudendo la partita su un 2-5, che nessuno avrebbe pronosticato alla vigilia, tra un mercato che è ancora alle prese con un cantiere aperto e una difesa tutta da registrare...

Un'indicazione sul futuro l'ha data chiaramente, questa prima trasferta, è chiaro a tutti: quel Kvaratskhelia preso per pochi milioni di euro è un talento puro. Colpisce il suo impatto su un campionato come quello italiano: grande personalità, oltre che numeri. Nemmeno a Diego era riuscito un esordio del genere: un goal e un *assist*...

Nostalgia canaglia

La nostalgia per il recente passato è un sentimento che stenta a lasciare il cuore dei tifosi azzurri: la si percepisce ancora in città, nonostante la prima vittoria in quel di Verona. Insigne, Mertens, Koulibaly, Fabian Ruiz, Ospina: sono in molti, ancora, a rimpiangerli. Del resto, a un patrimonio di tal fatta, di giocatori esperti, abituati a vestire l'azzurro, dotati tecnicamente, appare difficile poter rinunciare. Ma se il Napoli vuole ora, senza loro, cominciare a raccontare un'altra storia, deve necessariamente affidarsi alle nuove leve, sperando che le loro *performances* non si riveleranno da meno di quelle che i loro predecessori hanno garantito, nel corso degli onorati anni della loro carriera in maglia azzurra.

Alla vigilia del debutto casalingo con il Monza, Spalletti prova ad analizzare la situazione mercato rispetto ai nuovi obiettivi che, al momento, sono ancora confinati, però, nell'astratto campo delle suggestioni: "Si lotta per diventare una squadra forte. In linea di massima, siamo gli stessi di prima, ma con giocatori che hanno meno esperienza, meno personalità, meno presenze in Nazionale o in Champions. C'è da lottare per costruire un gruppo nuovo, sapendo che quelli che sono andati via sono andati via: ora ci sono quelli che sono arrivati... La società ha fatto un ottimo lavoro, liberando quei giocatori che, avendo raggiunto un certo traguardo sportivo, avrebbero preteso un riconoscimento, rinunciando al quale la società è riuscita ad abbassare i costi. Certo, si è rinunciato a pedine importanti: basta vedere Koulibaly, in due gare è già il difensore più forte della Premier...".

L'impatto, davanti al pubblico di casa, dei cosiddetti "nuovi arrivati", sarà dirompente. Gli azzurri liquidano i brianzoli con un *poker* secco, senza storie. Dopo 35' è Kvaratskhelia, ancora, a stupire, marcando il tabellino con un tiro a giro versione 3.0. Niente male come biglietto da visita: il georgiano dipinge una di quelle parabole diaboliche che, fino a qualche mese prima, portavano la firma dello specialista per antonomasio, quel Lorenzo Insigne che, soltanto pochi mesi prima, la folla partenopea aveva salutato in massa da capitano azzurro. Ma nessuno che esulta, ora, sugli spalti del "Maradona", mentre Kvara, in campo, poggia la guancia sulle sue mani a mo' di cuscino, mimando forse il proverbiale "sonno dei giusti", sembra più di tanto ricordare o rimpiangere la vecchia gloria...

Osimhen regalerà il raddoppio, con un bel diagonale, allo scadere della prima frazione.

Nella ripresa, poi, ci penserà di nuovo il georgiano a incantare la platea con giocate sublimi e con il terzo goal: pura poesia. Finta e contro-finta sul difensore, poi un diagonale che non lascia scampo a Di Gregorio.

Sul finire, ci sarà spazio anche per l'altro "nuovo arrivato": Kim che, di testa, incorna la porta dei lombardi.

... buona la prima! Questo Napoli gira a meraviglia, e stai a vedere che forse la "canaglia" se ne va...

Tra bufale di calcio-mercato e vecchi scoop

Il calcio-mercato è ancora aperto, il fanta-mercato pure. In special modo lo è per i miei ex-colleghi di Sky Sport; a pochi giorni dall'avvio del terzo turno della stagione, lanciano la "bomba del secolo": Cristiano Ronaldo al Napoli! Ma la "bomba" si sgonfierà in men che non si dica, rivelandosi una meno esplosiva "bufala"...

La pseudo-trattativa, infatti, non è mai stata in essere: Mendes, il manager di CR7, amico un po' di tutti e, dunque, anche di quella vecchia volpe che è De Laurentiis, aveva proposto il suo pupillo a diversi club, sia italiani che esteri. I procuratori, si sa, sondano il terreno, soprattutto se e quando hanno a che fare con "pezzi da novanta" avviati, però, sul viale del tramonto... La verità è che, per quanto il nome di Cristiano fosse in grado di scatenare ancora un portentoso seguito mediatico, nessun club - almeno europeo - era di fatto intenzionato ad accollarsi l'onere di uno stipendio, come quello a cui il portoghese non intendeva certo rinunciare, nemmeno – o, forse, tanto più - a 37 anni suonati...

Ci penserà Spalletti, comunque, a smorzare categoricamente le voci di un possibile trasferimento del più volte "Pallone d'Oro" alle pendici del Vesuvio: "A chi non piacerebbe allenare un giocatore come Ronaldo, o avere una sua maglia nella collezione? Certamente... però non sarà quella azzurra. Non c'è stato nessun contatto tra il Napoli e il giocatore". Il tecnico aggiunge pure di essere soddisfatto del mercato che, di lì a poche ore, chiuderà i battenti della sua lunga sessione estiva; Giuntoli ha definito, finalmente, l'acquisto di Raspadori dal Sassuolo, oltre a quello già concluso con il Verona per tesserare in azzurro Simeone, garantendo così due degni rincalzi in attacco del nigeriano Osimhen; anche il "tormentone" Meret ha conosciuto, infine – o finalmente, il suo epilogo: Alex resterà a Napoli. "Ha fatto due ottime partite dimostrando grande affidabilità e sicurezza", sottolinea il Mister.

Intanto si va a Firenze. Dal Franchi, il Napoli porterà via un

56

pareggio: la squadra viola, ben messa in campo da Vincenzo Italiano – vecchio "pallino", tra l'altro, di De Laurentiis – non consente altro. Almeno tre interventi di Meret si sono, anzi, rivelati decisivi. Osimhen segna, ma in fuorigioco; Lozano, invece, a due passi da Gollini, sprecherà l'occasione per portare a casa il bottino pieno. Ma, alla fine dei giochi, quello strappato in Toscana può essere considerato un buon punto.

Lo sarà meno quello ottenuto, in casa, contro il Lecce. Contro i giallorossi di Baroni, scenderà in campo un Napoli che Spalletti decide di ri-organizzare dando spazio a un sostanzioso turn-over, in vista del successivo turno infra-settimanale che vedrà gli azzurri impegnati contro la Lazio di Mister Sarri: ma il campo non premia l'azzardo spallettiano, al "Maradona" è soltanto 1-1. E, anche qui, saranno i guantoni di Meret a evitare guai peggiori: il numero uno friuliano para un rigore al giovane Colombo, prima che Elmas riesca a sbloccare la partita. Sarà, poi, lo stesso giovane attaccante in forza al Lecce a pareggiarla, facendosi perdonare l'errore dal dischetto, con un bolide su cui,

57

stavolta, il buon Meret non può nulla.

Settembre 2022

Le prime certezze spallettiane prendono forma

A Roma, contro la Lazio di Sarri, si materializzano le prime certezze del Napoli al suo secondo anno spallettiano: gli azzurri sbancano l'"Olimpico" per 2-1, recuperando l'iniziale svantaggio, frutto di un velenoso diagonale di Zaccagni.

Il tecnico di Certaldo prova a mantenere un profilo basso: è da un anno soltanto alla corte di De Laurentiis, ma sa già quanto l'ambiente azzurro possa infiammarsi facilmente; durante le uscite pubbliche, non fa che tornare a battere un tasto: quella che ha a disposizione è una squadra giovane che ha raccolto la pesante eredità di grandi giocatori che hanno scelto di fare le valigie e indossare una nuova maglia, non senza prima aver lasciato un segno, però, indelebile, non soltanto negli almanacchi, ma anche, e soprattutto, nel cuore della nutrita tifoseria partenopea: "I giocatori che sono arrivati hanno meno esperienza di quelli che sono andati via: meno minuti in Champions, meno minuti nelle rispettive Nazionali", ribadisce più volte Spalletti. Vuoi per prudenza, vuoi per autentica scaramanzia, non vuole che i suoi giocatori sentano eccessivamente la pressione di una città, in fatto di pallone, tra le più esigenti: è consapevole del valore della "rosa", dei margini di crescita che ha il gruppo di cui è a capo e, a maggior ragione, vuole che la concentrazione vada unicamente al campo. Divertirsi, per ora, ossia giocare per il gusto di giocare, e di stupire: è questa la strada.

L'autostima non potrà che crescere di lì a poco, dopo lo strabiliante debutto in Champions League; il Napoli se la gioca contro i "reds" di Liverpool, guidati da uno degli allenatori più in vista dell'ultimo lustro pallonaro: Jurgen Klopp. Il tecnico tedesco conosce già la bolgia che accoglierà la sua squadra nello stadio di Fuorigrotta; durante l'edizione 2013/2014 gli è già toccato in sorte, infatti, di dover affrontare i partenopei in Champions: al tempo, sedeva sulla panchina del Borussia Dortmund.

La titolatissima squadra inglese subisce una delle sconfitte più umilianti della sua storia recente: 4-1. La prestazione degli azzurri è magistrale: archiviano il primo tempo sul parziale di 3-0 (e il passivo, per gli uomini di Klopp, sarebbe potuto essere anche più drammatico, non fosse per un palo colpito da Osimhen, per un rigore sbagliato, ancora dal nigeriano e un salvataggio sulla linea di Van Dijk su un tiro a botta sicura di Kvaratskhelia).

Ad aprire le marcature è Zielinski su rigore, assegnato dall'arbitro Del Cerro Grande per un fallo di mano di Milner. Anguissa firmerà il 2-0 con un piatto preciso che carambola sul palo e s'infila, poi, alla destra di Alisson. Ma l'apoteosi arriverà allo scadere del primo tempo, con il 3-0 siglato dal "Cholito" Simeone, da poco subentrato all'infortunato Osimhen; l'esultanza dell'argentino è da brividi: corre sotto la curva, dedicando un bacio al tatuaggio che ha sul braccio e che rappresenta il simbolo della Champions. Segnare un gol nella massima competizione europea per club era il sogno che cullava sin da bambino, spiegherà ai microfoni, nel dopo-gara. A chiudere il conto, infine, ci penserà di nuovo Zielinski, con il più comodo dei *tap-in* su ribattuta dell'estremo difensore del Liverpool.

Ma non c'è neanche il tempo di esultare che, di nuovo, va di scena il campionato: è la sesta giornata, e il Napoli deve vedersela con il neo-promosso Spezia.

Contro i liguri, ci sarà da soffrire più del dovuto; Spalletti opta nuovamente per un turn-over corposo; le energie, quando gli impegni tra Champions e campionato si susseguono ogni tre giorni, vanno dosate: è ormai consuetudine per la gran parte degli allenatori delle squadre impegnate su più fronti far ruotare, non a caso, la rosa. Per di più, si sente, in attacco, l'assenza di Osimhen, della sua profondità e delle sue accelerazioni: a sostituirlo c'è Raspadori, punta centrale nel rinnovato 4-3-3 del tecnico toscano.

Gli spezzini fanno la partita che devono fare: si difendono a oltranza, concedono poco. Soltanto in zona Cesarini gli azzurri, infatti, riusciranno a spuntarla: a portare tre punti fondamentali in casa Napoli, sarà un tiro proprio dell'ex-attaccante del Sassuolo, a un minuto dal novantesimo. Anche la sorte sembra sorridere al Napoli: il che, come si sa, non guasta mai...

Settembre /Ottobre 2022

Due indizi fanno una prova

Due indizi fanno una prova, recita un vecchio detto.

In Champions, il Napoli, dopo la sonora batosta rifilata nientemeno che ai "diavoli" di Liverpool, è ormai considerato da tutti la vera mina vagante del suo girone; e anche in campionato, dopo aver sbancato "San Siro" sconfiggendo i campioni d'Italia di Pioli per 2-1, in una gara avvincente, sembra poter recitare un ruolo da protagonista – se non altro...

Così è.

Nel secondo turno di Champions, a Glasgow, contro i Rangers, pur dovendo fare a meno della sua punta di diamante – Osimhen non si è ancora ripreso dall'infortunio occorsogli contro il Liverpool -, gli azzurri vincono facile, sbarazzandosi degli scozzesi con un perentorio 3-0, grazie alle reti di Politano, Raspadori e Ndombele. Due dei tre goal arrivano negli ultimi minuti del secondo tempo, grazie a giocatori subentrati dalla panchina: anche il turn-over comincia a dare così le sue soddisfazioni, a dimostrazione di quanto sia lunga e affidabile la "rosa" sulla quale, quest'anno, Spalletti può contare.

E di quanto possa contarci, il Mister ne avrà un'ulteriore dimostrazione, come si è già detto, a Milano, dove il Napoli sfoggia una prestazione di carattere, acciuffando la vittoria, in un *match* tiratissimo, dopo il momentaneo pareggio di Giroud (il vantaggio degli azzurri viene siglato da Politano dal dischetto, grazie a un rigore procurato dal sempre solito ispiratissimo Kvaratskhelia). A siglare il goal decisivo sarà, anche stavolta, il "Cholito" Simeone; Spalletti ha messo in campo il suo uomo della Provvidenza, proprio quando sembra che il Milan, agguantato il pareggio, possa infliggere il colpo del K.O.: i rossoneri premono, sospinti dai settantamila di "San Siro", vogliono vincere e il Napoli sembra quasi sul punto di cadere al tappeto. Sembra, appunto… ma non cade, anzi. Mario Rui fa quello che ci si aspetta debba fare un terzino di chiare velleità offensive, offrendo un *cross* al bacio al subentrato Simeone che, di testa, con una torsione da vero avvoltoio dell'area di rigore, supera il numero uno Maignan. Esplode, sugli spalti, la festa dei non pochi napoletani distribuiti sulle gradinate di "San Siro" (nonostante la consueta trasferta vietata ai residenti in Campania).

Sull'onda dell'entusiasmo, il Napoli si abbatterà poi come una valanga, stavolta sul Torino di Juric; al "Maradona" è un'altra vittoria senza storia: 3-1.

Ottobre 2022

Il Napoli è inarrestabile

Il Napoli non perde più un colpo; in campionato inanella prestazioni vincenti e convincenti: il suo ruolino è inarrestabile. Nonostante l'assenza di Osimhen, ancora fuori per infortunio. Il gioco degli azzurri funziona a meraviglia anche senza la profondità che garantisce l'attaccante "mascherato", con la sua rapidità felina, con le sue inarrestabili fughe: da solo, il nigeriano è capace di lasciarsi due, tre e anche più avversari dietro, aprendo praterie per i compagni di reparto… Ma la squadra di Spalletti non è di quelle che dipendono da un solo uomo, per quanto fondamentale: dietro le individualità, c'è la forza del gruppo. Di un gruppo che, per di più, continua a giocare, divertendosi e divertendo.

A non divertirsi, semmai, sono gli avversari, come i malcapitati giocatori dell'Ajax.

Terzo turno di Champions League: gli azzurri sbarcano all'Amsterdam Arena. Nella patria del "calcio totale", degli olandesi "volanti" Johann Cruijff e Ruud Krol, nonché del "trio" che fece le fortune dell'invincibile Milan sacchiano del Cavalier Berlusconi – Van Basten, Gullit, Rijkaard -, gli azzurri scendono in campo ancora senza Osimhen. Al suo posto, Spalletti schiera ancora "Jack" Raspadori.

Neanche dieci giri di lancette, e l'Ajax passa in vantaggio con Kudus. Da lì in poi, però, ci sarà soltanto il Napoli: i partenopei salgono in cattedra, dominando in lungo e in largo e offrendo uno spettacolo che si stenta, quasi, a credere, tanto è indice di una manifesta superiorità della giovane squadra di Spalletti. Raspadori ribalta lo svantaggio con una doppietta d'autore, poi l'ennesimo tsunami azzurro si abbatte sugli olandesi: prima il capitano Di Lorenzo, poi Zielinski, poi Kvaratskhelia, poi

63

ancora Simeone. Gli olandesi sono disintegrati 1-6 davanti al loro pubblico.

Il Napoli è sulla bocca di tutti, acclamato dai media come la rivelazione di un nuovo modo di intendere il calcio, quando è chiamato alla trasferta dello "Zini", contro la Cremonese, nel turno successivo di campionato. Sarà un'altra goleada: 1-4.
L'orgia di goal proseguirà inalterata anche fino al quarto turno di Champions: l'Ajax prende altre quattro sberle (dieci "pere" in

soli sei giorni!), soccombendo per 4-2, in un "Maradona" comprensibilmente in visibilio.

Non ci sarà scampo nemmeno per il Bologna, che il Napoli ospiterà tra le mure amiche, alla decima di campionato; non sarà una goleada, questa: finisce 3-2. Il risultato vale comunque 3 punti, e gli azzurri sono già lassù, primi in classifica, a guardare tutti dall'alto in basso.

Maturità olimpica e ottavi di Champions

Dopo dieci giornate di campionato, il Napoli ha già 26 punti: comanda la classifica.

Quando, sulla strada degli azzurri, è la volta della tignosa Roma di Mourinho: trasferta a dir poco insidiosa.

Chi scrive tira, almeno, un sospiro di sollievo: al ricordo dei "derby del Sole" che, tra gli anni '80 e '90, mi vedevano salire su a dir poco stipatissime, assordanti carovane azzurre, alla volta dell'"Olimpico", poter arrivare a Roma, partendo da Napoli con una "Freccia", oggi, mi sembra una benedizione: ormai è come coprire una distanza in metro, un'ora e dieci minuti, e sei a Termini... All'epoca, le tifoserie erano addirittura gemellate: nei loro servizi, i giornalisti della T.V. di Stato non mancavano mai di riprendere i giri di campo degli "ultras" azzurri a braccetto con quelli giallorossi: tempi lontani... In chissà quale sgarbo, quale offesa all'onore degli uni o degli altri, si ritrovò evidentemente un pretesto per spezzare, in seguito, l'amicizia: sta di fatto che un'*escalation* d'odio portò in un paio di decenni alla morte di Ciro Esposito e al divieto della trasferta in terra laziale per i residenti in Campania. E pensare che, nell'anno del primo scudetto, in curva Nord erano in trentamila, i napoletani, e con tutto l'*ambaradan* al seguito dei tipici attrezzi da "ultras" (tamburi, striscioni, bandiere, ecc.).

Dopo trentasei anni, per battere la Roma nel suo stadio, ci vuole un Napoli come quello, che la stampa simpaticamente battezzò "Napol-eone".

Per Spalletti che, sulla panchina giallorossa, ha vissuto ben quattro intense stagioni, tanto applaudite quanto discusse, si tratta di un ritorno nei panni di avversario: i tifosi capitolini, ovviamente, ancora non gli perdonano la controversa vicenda che lo vide protagonista ai danni del "Pupone" Totti, alle prese con gli ultimi anni della sua "romanissima" carriera. Ora gli "ultras" della Sud hanno, dalla loro, un tipo sanguigno come

Josè Mourinho - che, infatti, adorano, quando non proprio idolatrano.

Il Napoli ripropone dal primo minuto il redivivo Victor Osimhen che, nel turno precedente, ha già ripreso confidenza col pallone, giocando un tempo contro il Bologna e rivelandosi decisivo, siglando il goal che ha di fatto portato altri 3 punti alla causa del "Ciuccio". Il reparto offensivo, con il nigeriano in campo, offre una maggiore varietà di soluzioni e, soprattutto, più imprevedibilità: gli strappi sono il suo pezzo forte, il marchio di fabbrica sul quale Spalletti ha lavorato per rendere il suo attaccante letale. La sensazione è che Osimhen sia maturato, in effetti: riesce a dosare le energie in maniera più accorta, rispetto a quanto non gli fosse riuscito durante le stagioni precedenti; a capitalizzare al meglio la sua forza esplosiva; anche da un punto di vista caratteriale, il suo temperamento concede poco alle ingenuità di un tempo.

Sarà proprio lui a rompere l'equilibrio di una classica partita "maschia", nervosa, che sembrava destinata a un pari ad alta tensione ma, almeno fino a dieci minuti dalla fine, senza grandi occasioni: con un'accelerazione delle sue, il goleador "mascherato" si presenta davanti a Rui Patricio e, da una posizione angolata, quasi impossibile, lo fulmina alla sua maniera. Una forza della natura.

Spalletti concederà, poi, al nigeriano di rifiatare durante il turno di ritorno contro i Rangers, in Champions, al "Maradona", dando spazio a Simeone. Il "Cholito" ripagherà anche stavolta la fiducia del suo Mister: nel 3-0 che liquiderà la pratica con gli scozzesi, l'argentino sarà autore di una doppietta.

E il Napoli è già matematicamente qualificato agli ottavi di Champions, come prima del girone.

Novembre 2022

Il dominio degli azzurri assume ormai i contorni dell'assolutezza, in campionato come in Champions.

Il Napoli di Spalletti è già qualificato agli ottavi della prestigiosa competizione europea, davanti a mostri sacri come il Liverpool di Jurgen Klopp che, non a caso, concede nelle sue dichiarazioni, i giusti meriti all'avversario.

La sfida che concluderà la fase a gironi, nel tempio dei *"reds"*, per il Napoli, ha da dire poco: i partenopei hanno già guadagnato sul campo la qualificazione agli ottavi, per di più come prima classificata. Ma è pur sempre suggestiva, e rievoca la sfida che, nel contesto – stavolta - dell'Europa League 2010/2011, vide soccombere gli azzurri i quali, pure illusi da una giocata del "Pocho" Lavezzi che valse un insperato vantaggio per il Napoli, subirono poi la tripletta del capitano Steven Gerrard, che chiuse il discorso sul definitivo 3-1 a favore degli inglesi.

Dodici anni dopo, il Napoli si presenta a Liverpool dopo averlo disintegrato, però, nella partita di andata. Vincerà stavolta, e meritatamente, il Liverpool, ma la prima sconfitta nella stagione del Napoli non lascia praticamente strascichi.

Ci metterà appena cinque giorni, Spalletti, infatti, per rimettere le cose a posto. A Bergamo, contro l'Atalanta, si gioca un altro crocevia decisivo per lo scudetto. In uno stadio storicamente ostile ai colori partenopei, per di più: la curva bergamasca, anche stavolta, non perderà occasione per intonare i soliti beceri cori incommentabili contro i napoletani. Quando Lookman porta in vantaggio i lombardi, tutto sembra presagire una giornata storta, ma l'uno-due siglato da Osimhem e da Elmas – il macedone che si rivelerà, molto spesso, l'uomo in più di questo Napoli dei *record* – consente agli azzurri di sbancare anche il difficile Gewiss Stadium. Sono tre punti decisivi: lo dicono i volti degli azzurri, a fine gara, quando si abbracciano l'un l'altro. Sono tutti consapevoli dell'importanza del successo appena ottenuto: è l'undicesima vittoria consecutiva in campionato.

Arriveranno quindi, al "Maradona", prima l'Empoli, stordito con un secco 2-0; poi l'Udinese, che gli azzurri sconfiggeranno, non senza qualche patema, per 3-2. La sosta per i Mondiali, forse, arriva al momento giusto, arrivando in soccorso di un Napoli che indubbiamente ha speso tanto, e la sfida casalinga con la squadra guidata da Sottil lo ha fatto capire. Ma, intanto, quel che conta è che "la capolista se ne va...", così intonano, con sempre più convinzione, i tifosi al "Maradona".
E anche io me ne vado... non in cima a una classifica, no, certo, vado in vacanza, però… in vacanza, sì, la vacanza ci sta tutta...

Dicembre 2022

Da Diego a Leo, un altro segno del destino

Che per il Napoli sia la volta buona per mettere le mani sul suo terzo tricolore, lo diranno, appunto, i Mondiali: quando Messi alzerà la coppa, dando il "la" all'oceanico tumulto che divorerà di lì a poco ogni centimetro di Buenos Aires, sono in tanti a pensare si tratti di un altro segno mandato dal destino. L'ultimo successo dell'"*albiceleste*" precedette, infatti, la stagione che vide poi il Napoli vittorioso, per la prima volta nella sua storia, dello scudetto; era il 1986, capitano e protagonista indiscusso di quella nazionale sudamericana era Diego Armando Maradona; ed è un'altra "mano de Dios" quella che l'idolo argentino, da lassù, sta evidentemente invocando (o rievocando), affinché il Napoli, dopo la sua amata Nazionale, possa raggiungere, di nuovo, l'agognato traguardo...

Diego nel 1986, Leo nel 2022: dopo trentasei anni, la storia si ripete.

Tanto più, appare come un positivo segno premonitore pure la stessa, inusuale, sosta "invernale", a cui i Mondiali svoltisi in Qatar forzeranno il calendario di tutti i campionati europei: nelle ultime uscite ufficiali, gli azzurri hanno palesato un certo calo fisico, del resto fisiologico, dato il ritmo elevato che sono riusciti a tenere nel corso della prima parte della stagione. Sicché questi due mesi di sosta daranno al Napoli l'opportunità di rifiatare. Tenuto conto anche del fatto che i tesserati del club di De Laurentiis, chiamati in causa dalle rispettive Nazionali per far fronte al prestigioso impegno intercontinentale, si contano, poi, sulle dita di una sola mano.

Un ritiro blindatissimo ad Antalya, in Turchia, lontano dal clamore (il Presidente inviterà espressamente i giornalisti a girare alla larga dalle coste turche, dando in pasto ai loro smaniosi taccuini soltanto qualche stringato report che il sito ufficiale della S.S.C. Napoli puntualmente – va detto – pubblicherà) consentirà a Spalletti di preparare al meglio la sua squadra, in vista della ripresa del campionato.

Gennaio 2023

Dal possibile crollo alla grande fuga

Tutti ipotizzano - qualcuno addirittura spera... - un crollo verticale del Napoli, alla ripresa del campionato, dopo la sosta mondiale. Durante la lunga pausa forzata, le testate giornalistiche del Nord fanno quasi a gara sparando in prima pagina "titoloni" che inneggiano alla certa prossima riscossa, un giorno della Juventus; un altro, del Milan; un altro ancora, dell'Inter... I nerazzurri guidati da Simone Inzaghi, anzi, sono proprio i primi indiziati ad assumere sulle proprie spalle il ruolo di guastafeste-azzurre: saranno i primi avversari che il Napoli ritroverà sulla sua strada, infatti, col sopraggiungere dell'anno nuovo. E per di più al "Meazza".

Gli uccelli del malaugurio si affidano, poi, alla statistica per corroborare le loro previsioni: le squadre allenate da Spalletti sono solite patire una flessione durante l'inverno, scrivono, dopo partenze a razzo: gli azzurri andranno incontro alla medesima sorte, perciò.

Quando, al giro di boa, il Napoli si ritroverà campione d'inverno con la quota *record* di 50 punti, vantando miglior attacco (46 goal) e miglior difesa (solo 13, le reti incassate), ora non ricordo, francamente, cosa titolassero gli stessi di cui sopra...

Ma, di certo, chi di statistica ferisce, di statistica patisce...

A smentire, inoltre, le ipotesi di una risalita delle "solite note" ai danni dei partenopei, scoppia il caso della penalizzazione di 15 punti, inflitta dalla Corte Federale d'Appello ai danni della Juventus del dimissionario Andrea Agnelli, rea di aver gonfiato a dismisura i ricavi dei bilanci bianconeri tramite l'esercizio, ripetuto e sistematico, delle cosiddette "plusvalenze fittizie" – ma non è certo questa la sede per entrate nel dettaglio di cosa siano, di come possano intervenire ad alterare la regolarità di un campionato o di quale danno possano arrecare alle squadre avversarie che, lungi dall'adottare questa pratica, cercano di stare al passo, senza dimenticare però i conti...

Ma torniamo al 4 gennaio 2023; la partita di cartello, come detto, è al "Meazza": Inter-Napoli.

Chi scrive, ovviamente, è su un'ennesima "Freccia" e, in attesa di arrivare nella città della "Madonnina", viene colto da un ennesimo *déjà-vu*; era il 4 gennaio del 1987 e, dopo la sosta natalizia, il Napoli – quel Napoli che seguì alla vittoria argentina dei mondiali messicani, come detto un paragrafo fa – deve vedersela contro la Fiorentina di Antognoni e Ramon Diaz: finì male per gli azzurri, 3-1 e Maradona, autore del momentaneo pareggio che fece esplodere i ventimila "ultras" campani accorsi al seguito dei propri beniamini nella vecchia curva "Ferrovia", dichiarerà, a fine gara, "il Napoli ha giocato non solo contro la Fiorentina, ma contro tutti…".

La gara che aspetta il Napoli oggi, penso - mentre la "Freccia", intanto, trapassa la pianura padana – è, in fondo, simile: da due mesi i *media* incoraggiano la caduta degli azzurri... Senza dimenticare che proprio al "Meazza", poi, l'anno precedente, la squadra di Spalletti rimediò botte da orbi, culminate col grave infortunio occorso a Osimhen: mandibola fracassata, dopo uno scontro pauroso con Skriniar, tre mesi di stop. E una bruciante sconfitta per 3-2, con Mertens che si divorerà il pari allo scadere, tutto solo davanti ad Handanovic.

Quando il treno passa per Milano Rogoredo, non bastassero le infauste premonizioni già rievocate, mi sorprendo, infine, a tirar fuori da qualche altro angolo della memoria la gara sfortunata che, proprio contro i nerazzurri, sempre nel corso della stagione del primo scudetto, vide un Napoli, dominatore in lungo e in largo, frenato soltanto dai guantoni di un insuperabile Zenga, prima di soccombere beffardamente a un'incornata di Bergomi...

... ma, finalmente, la "Freccia" mi ha portato a Milano, così non ho più tempo di assecondare i tristi presagi rivelati dalle mie reminiscenze. Fa un freddo cane. L'albergo non è dei migliori; il "Meazza", però, se non altro, è a un tiro di schioppo, mi consolo. Sul pranzo, meglio stendere un velo pietoso, proprio non mi riesce di trovarvi alcuna consolazione: con l'inseparabile Fabio, mi ritrovo a dover scegliere, anzi, un piatto sul menù di un ristorante di cucina italiana, gestito però da cinesi. No, non sarà una giornata semplice, ormai mi è sempre più chiaro...

Quando arriviamo nel piazzale antistante lo stadio, ci accoglie l'eco dei soliti cori razzisti che i tifosi nerazzurri indirizzano contro i diecimila napoletani recintati nel terzo anello dello stadio milanese.

Comincia la partita: l'Inter parte forte. Si soffre. E si trema, almeno in tre circostanze: prima Di Marco, poi Darmian, poi ancora Lukaku. Meret capitolerà, infine, soltanto su una zuccata di Dzeko.

Brutta sconfitta: al di là del risultato, il Napoli è apparso fuori condizione, sia fisica che mentale. Gli automatismi del gioco azzurro, gli stessi che avevano entusiasmato durante la prima e trionfale parte di stagione, sembrano dimenticati, quando non proprio azzerati. Kvaratskhelia non incide, Osimhen non colpisce, la difesa balla e persino il sempre presente Di Lorenzo non offre le solite certezze. Così si inceppa il Napoli, e l'Inter ne approfitta. Per la gioia degli uccelli del malaugurio.

L'addio a Vialli e l'arrivederci del Napoli

La sequenza di "figurine" strappate al cuore degli appassionati di calcio sembra non volersi arrestare. Dopo Maradona, Paolo Rossi, Pelè e Siniša Mihjalović, ci lascia un'altra icona del nostra calcio, un uomo vero, oltre che un campione: l'addio a Gianluca Vialli, dopo una lunga battaglia contro una malattia che non gli ha lasciato purtroppo scampo, è di quelli che fanno male. Dalla Cremonese dei miracoli alla Coppa dei Campioni sollevata vestendo la maglia della Juventus, passando per il leggendario scudetto con la straordinaria Sampdoria di Mantovani e dei "gemelli del goal", la carriera di Vialli è quella di un giocatore che, qualunque sia stata la maglia indossata, ovunque ha portato successi e, soprattutto, suscitato gioia.

Ma quella di Vialli è, forse, anche l'ultima morte sospetta di un calcio omertoso, che ancora non ha fatto chiarezza a dovere sulla questione spinosa del *doping*...

Destino vuole che, nei giorni in cui Genova piange il suo campione, il Napoli debba vedersela proprio con la sua Samp; dentro e fuori lo stadio, gli striscioni sono tutti per Luca. "Bomber, campione, leggenda", mostrano fieri in curva Sud. Anche i tifosi azzurri presenti al "Marassi", nel settore opposto, applaudono.

Dopo il canonico minuto di silenzio, comincia la partita.

Il Napoli deve riscattare la brutta sconfitta di Milano; dimostrare che si è trattato soltanto di un incidente di percorso, nulla di grave.

L'inizio, per gli azzurri, è in salita: dopo una manciata di minuti, c'è un contatto in area tra Murru e Anguissa, l'arbitro Abisso lo va a rivedere al V.A.R., quindi concede un *penalty,* che Politano però si farà parare da Audero. Meret, dopo poco, nell'altra metà del campo, compierà un mezzo miracolo su un'incursione dell'attacco doriano. Finché Osimhen, finalmente, non la sblocca, servito dal solito *assist* dell'ancora più solito Mario

Rui: il nigeriano va in doppia cifra, è il suo decimo goal.

Sciolto il ghiaccio, la ripresa sarà un monologo azzurro, favorito anche dall'espulsione di Rincon. La rete del 2-0, che congela partita e risultato, la segnerà Elmas, dal dischetto: per il macedone, invece, si tratta del quarto sigillo.

Mentre la Samp sprofonda nei bassifondi della classifica, il Napoli riprende così la sua marcia ed è ancora, sempre lì, sempre più saldo, in cima...

La valanga azzurra travolge la Juventus

Napoli-Juventus, per i napoletani, si sa, è la madre di tutte le partite. Da quando esiste il calcio, la rivalità con i bianconeri è pane quotidiano in città. Dai tempi di Sivori e Altafini, fino a quelli, più recenti, circonfusi dall'aura divina di Diego Armando Maradona.

Fra tutte, c'è una partita contro la Juventus che ha rappresentato l'inizio della fine dello strapotere economico e calcistico dei bianconeri: quella che si giocò al "San Paolo", il 3 novembre 1985.

In uno stadio stracolmo come non mai.

Chi scrive era già abbonato da un anno in curva A: del resto, dopo lo sbarco del "Pibe" in terra campana, non sottoscrivere la tessera sarebbe stato un sacrilegio, per un ragazzino che tirava calci anche a una palla di carta arrotolata con lo "scotch" contro le quattro pareti della sua stanza…

La pioggia, stranamente, è dirompente: in curva, oltre al "Caffè Borghetti", in quella sua inimitabile confezione a forma di cilindro, gli impermeabili "usa e getta" vanno a ruba. Soltanto i capi "ultras", in piedi, sulla balaustra, sembrano poterne fare a meno: incitano dai megafoni, a torso nudo, la loro curva, incuranti del fitto incedere delle gocce, che scendono dal cielo.

La Juventus è reduce da un filotto di otto vittorie consecutive: è da giusto una dozzina d'anni che, a Fuorigrotta, non incassa una sconfitta. Ma, stavolta, deve vedersela con Diego, di fronte.

La tensione in campo è altissima: Bagni e Brio fanno a gomitate in mezzo all'area di rigore presieduta da Tacconi. L'arbitro Redini di Pisa li manda anzitempo a far la doccia. Rimaste entrambe in dieci, le squadre diventano ancora più guardinghe. Sembra che nulla possa spezzare l'inerzia della gara.

Poi viene fischiata una punizione, in area juventina, a due: Pecci la tocca piano per Maradona che, con una parabola divina, la mette all'incrocio, dove Tacconi non può arrivare.

I napoletani amano, poi, ricordare anche un altro successo che il Napoli conquistò, in occasione della finale di Supercoppa, nel 1990, contro la Juve di Baggio e Schillaci – gli eroi delle "notti magiche". Un goal di Crippa, una doppietta di Careca e un'altra di Silenzi valgono, per i partenopei, un sonante 5-1.

La speranza, ora, è che i fasti di queste leggendarie vittorie possano rinverdirsi anche oggi, 13 gennaio 2023: anche quest'anno, i bianconeri guidati da Mister Allegri vengono da otto risultati utili consecutivi, quando si presentano al "Maradona". Per molti addetti ai lavori della stampa, resta ancora la Juve la più temibile antagonista del Napoli sulla via dello scudetto.

Nemmeno il tempo di ambientarsi, e la premiata ditta Kvaratskhelia-Osimhen confeziona il vantaggio. Politano crossa, Kvara in mezza girata tira verso la porta di Szcz□sny, che in qualche modo para, ma arriva Osi con un *tap-in* a regalare l'1-0. Di Maria fa tremare lo stadio colpendo la traversa, poi il nigeriano restituisce il favore a Kvara, servendo un *assist* perfetto al georgiano, che fa 2-0. Ma la Juve non si arrende e riapre i giochi, ancora con il "Fideo". Meret sventa, sul finire della prima frazione, il possibile pareggio. E si va, così, negli spogliatoi.

Nella ripresa, è un'altra partita: gli azzurri dilagano, prima con Rrhamani, poi ancora con Osimhen, incontenibile, stavolta di testa, a firmare *poker* e doppietta. Elmas la chiuderà, infine, sul 5-1.

La squadra di Allegri ne viene fuori ridimensionata: quella subìta dagli uomini di Spalletti, è un'umiliazione, né più né meno.

E il "Maradona" canta, sempre più forte: "La capolista se ne va…".

Incontro con Corrado Ferlaino

Il panorama è di quelli mozzafiato: sembra che Napoli voglia stringerti in un abbraccio senza fine.

Siamo a casa di Corrado Ferlaino. Sulle pareti, fanno capolino i *flash* di una vita al comando del club azzurro. Ma c'è anche spazio per un'altra passione dell'Ingegnere: i motori, le corse, le auto, le Ferrari. "Abbiamo preso questa casa per accontentare le esigenze del nostro cane" – mi spiega la compagna Roberta, indicando Pippo, un bel pastore tedesco. L'Ingegnere annuisce, seduto sul divano, occhi allo schermo, di fronte, dove danno Inter - Empoli. I nerazzurri perdono, al momento, per 1-0, con un gol della giovane promessa Baldanzi.

"Il Napoli ha già vinto lo scudetto" - commenta Ferlaino, ancora prima di concedermi l'intervista in esclusiva che "Sport Italia

Mercato" mi ha commissionato: "gioca un bel calcio", spiega, "è forte: ci sono tanti giovani, è vero, ma è anche vero che le inseguitrici stanno perdendo tutte le partite. Per non parlare della Juventus che, dopo essere stata battuta per 5-1, è stata anche penalizzata di 15 punti per l'inchiesta sulle plusvalenze. Il campionato può dirsi praticamente chiuso. Nessuna squadra può superare il Napoli in classifica perché, pur vincendole tutte, dovrebbe poi sperare anche che il Napoli le perdesse tutte, e sono troppe partite...".

Il ragionamento non fa una piega. Del resto avrà pure novantuno anni suonati, Ferlaino, ma gli va riconosciuta la lucidità di un trentenne: ricorda vita, morte e miracoli sia di quel Napoli che strappava salvezze all'ultima giornata con Pesaola e Rambone, sia di quell'altro Napoli che, più di trent'anni fa, vinse scudetti e coppe.

Ancora rimpiange, però, lo scudetto malamente perduto nella stagione 1987/1988, l'Ingegnere. A cinque giornate dalla fine del campionato, il Napoli della "Ma.Gi.Ca." precedeva addirittura di cinque lunghezze la seconda (e la vittoria valeva ancora soltanto due punti). "Nemmeno io riesco a spiegarmi, a distanza di anni e anni", racconta, "come sia stato possibile gettare via uno scudetto che sembrava a portata di mano, con una squadra tra le più forti che abbia avuto il Napoli nella sua storia. Girano tante voci su quello scudetto perduto, ma è anche vero che, alla fine di quel campionato, molti giocatori arrivarono malconci, infortunati, mentre la condizione atletica di altri era letteralmente a terra: il Milan, invece, aveva una marcia in più. Quella fu senz'altro la più grande delusione della mia presidenza".

"Quanto alla presidenza, invece, di De Laurentiis, quale opinione si è fatto?" - azzardo a chiedergli. "Con De Laurentiis parliamo poco" spiega, sornione, l'Ingegnere: "lui parla in romano, io da sempre in dialetto napoletano e, così, non ci capiamo, ma il suo Napoli, sono certo, vincerà il terzo scudetto".

Salerno e Roma, le partite della fuga solitaria

Le inseguitrici arrancano: la Juventus è addirittura sprofondata nel baratro della zona-salvezza. dopo la penalizzazione inflittagli dalla giustizia sportiva per l'inchiesta sulle plusvalenze. Le motivazioni della sentenza sono spaventose: illecito grave, ripetuto e prolungato.

Il *derby* contro la Salernitana arriva nel momento in cui gli azzurri sembrano aver ritrovato la brillantezza che il loro gioco aveva saputo sprigionare nei primi mesi della stagione. Anche se, per lo mezzo, c'è l'eliminazione agli ottavi di Coppa Italia che la Cremonese, nientemeno, infliggerà ai partenopei su tiri dal dischetto.

La trasferta di Salerno è insidiosa e, non soltanto per la rivalità che storicamente divide le due conterranee compagini: Nicola, dopo essere stato esonerato dalla panchina dei granata, infatti, è stato richiamato, nel giro di poche ore, a sedersi di nuovo sulla stessa. Un "teatrino" che carica la partita di motivazioni ulteriori: Spalletti non si fida dei "cugini", tanto più che, all'"Arechi", sembra dovrà fare a meno di Kvaratskhelia, influenzato.

Così sarà. A sostituire il georgiano, verrà impegnato Elmas, l'autentico *jolly* della squadra guidata dal tecnico di Certaldo. Spalletti non ha mai fatto mistero, del resto, di stravedere letteralmente per lui: il macedone è praticamente un titolare aggiunto, nella misura in cui non ha mai perso occasione di dimostrare, chiamato in causa, di essere capace di adattarsi in più ruoli, alla bisogna. Per di più, dalla sua, ha pure un certo vizietto del goal. E, spesso, quelli siglati di Elmas, si rivelano, poi, goal pesantissimi: vedi a Bergamo, contro l'Atalanta e a Genova, contro la Sampdoria. Sarà così anche a Salerno: il macedone aprirà le danze; poi un micidiale uno-due, a fine primo tempo di Di Lorenzo e a inizio del secondo dell'immancabile Osimhen, faranno calare il sipario su una gara, a conti fatti, senza storia.

Tocca alla Roma, ora. La squadra dello "Special One" viene da una striscia di otto risultati utili consecutivi: i giallorossi sono in piena corsa Champions. Il Napoli, raggiunta la soglia di 50 punti, invece, è saldamente al comando della classifica.

50.000 spettatori presenti al "Maradona" fanno da contorno alla sfida: si comincia.

Il primo brivido lo regala un avventato retro-passaggio di testa di Kim verso Meret, che non esce. La Roma, però, non ne approfitta. Poi il Napoli sale in cattedra: Osimhen sfrutta alla perfezione un *tap-in* su tiro di Kvara, segnando la rete del vantaggio, nonostante le barricate innalzate dai giallorossi. Un lampo di El Sharaawy regalerà un insperato pareggio alla squadra di Mourinho; l'egiziano è un autentica "bestia nera" del Napoli: proprio un suo goal, nella stagione precedente, regalò ai capitolini un pareggio che costò molto caro, di contro, agli azzurri, nell'economia della loro rincorsa verso il tricolore.

Spalletti dice a Raspadori e Simeone di riscaldarsi: vuole giocarsi il tutto per tutto. E, a premiare il coraggio del Mister, sarà ancora lui: il "Cholito" che, con un euro-goal, regalerà altri 3 punti al Napoli. Il vantaggio degli azzurri sulla seconda – l'Inter – sale a 13 punti. Una distanza siderale. Gli azzurri stanno letteralmente stracciando il campionato.

Febbraio 2023
Tra calcoli, premio Champions e trappole

A Napoli si comincia a dare i numeri, a familiarizzare con il calcolo e l'aritmetica. Il distacco che separa quel vertice della classifica, monopolizzato dagli azzurri, dalla seconda, lontanissima, fa sì che persino la proverbiale scaramanzia dei partenopei sia per una volta considerata, dagli stessi, fuori luogo e, dunque, accantonata.

Si respira un entusiasmo contagioso, ormai, fuori al *Training Center;* Spalletti ci ha addirittura preso gusto: spesso e volentieri scende dall'auto per concedersi alla folla, firmare autografi, scambiare chiacchiere, prestare il suo sorriso a ripetuti *selfie.* Fanno altrettanto, seguendo l'esempio del loro navigato timoniere, anche i calciatori.

A fine gennaio, a suggellare lo stato di grazia che sembra ormai accompagnare ovunque la squadra, arriva anche il momento della cena tra giocatori, allenatore e Presidente; a Natale, infatti, il rito dello scambio degli auguri non aveva potuto avere luogo: la motivazione ufficiale racconta sia stato per il Covid. In realtà, venendo il Napoli già dal ritiro decembrino svoltosi in Turchia, durante la sosta dovuta ai Mondiali, il Presidente aveva probabilmente ritenuto fosse giusto, doveroso, consentire ai suoi giocatori di trovare il tempo, durante le festività natalizie, per stare ognuno con le proprie compagne, con la propria famiglia, con i propri cari. Un pensiero gentile, non c'è che dire. Come quello che, di seguito, avrà Di Lorenzo: dopo la strepitosa partenza della squadra e in vista di un prosieguo della stagione che tutti si augurano altrettano entusiasmante, non si può non festeggiare, pensa bene il capitano. Sarà lui, così, a organizzare personalmente, al Teatro Posillipo, catering e musica per una festa degna di questo nome, da trascorrere con tutti i compagni e lo staff. A pagarla ci penserà, su indicazione precisa del padre "patron", lo stesso Edo De Laurentiis. Così il Presidente compie un altro bel gesto nei confronti dei suoi giocatori: sembra volerli coccolare, i suoi gioielli: se lo meritano del resto.

Passati i bagordi, riprende intanto il campionato. Gli azzurri sono attesi dallo Spezia. Purtroppo, penso io. Tra tutte, infatti, è forse la trasferta più massacrante a cui si possa andare incontro: non essendoci un collegamento diretto, devi arrivare a Roma, a Termini scendere in tempo per prendere la coincidenza con la "Frecciabianca" – nulla più che un vecchio Inter-City rivisitato – e, con questa, percorrere le coste romana e toscana, prima di arrivare in quella sottile striscia di terra, a picco sul mare, che è la Liguria. Cinque ore e mezza per coprire poco più di 600 chilometri. Bel modo di festeggiare un compleanno, no? (come accadutomi più volte negli ultimi anni, spengo le candeline in trasferta…). L'anno prima, mi era andata di lusso: Venezia… Certo, c'era Fabio con me, non proprio la compagnia più adatta per condividere il romanticismo che il capoluogo veneto sprigiona ovunque tra le sue strette calli (ovvio, eh, vale lo stesso anche per lui). Dopo la vittoria del Napoli per 2-0, riuscimmo addirittura a strappare un'intervista esclusiva al Presidente De Laurentiis, beccato all'uscita dello stadio, prima che si imbarcasse su un taxi del mare. "Presidente, possiamo sognare lo scudetto?", gli chiesi. "Ragazzi" rispose, scaramanticamente, "non parliamo dello scudetto". "Va bene", ribattei, stando al gioco, "allora parliamo della partita". "Siamo molto felici per questa vittoria, in un campo molto difficile: ora siamo secondi, siamo molto gasati e ci aspetta una settimana importante dove i giocatori faranno molti allenamenti, pratici oltre che teorici". L'ultima domanda la riservai per l'addio di Insigne (aveva appena firmato il contratto con il Toronto). E De Laurentiis: "Insigne è un uomo libero e ha scelto di finire la sua avventura con il Napoli, perché a 30 anni ha una vita ancora lunga ed ha deciso per il meglio". Lo *scoop* in pochi minuti farà il giro del "web": il "patron", del resto, non rilasciava interviste da qualche mese.

Ma, bando ai ricordi, torniamo al campo. Nello Spezia, ben nove giocatori sono *out;* Spalletti, invece, ha l'imbarazzo della scelta.

Non ci sarà storia: il Napoli dominerà dall'inizio alla fine. Apre Kvaratskelia su rigore; poi ci pensa Osimhen, autore di una doppietta da paura, a chiudere i conti. Il secondo gol del nigeriano, soprattutto, è di quelli che resteranno impressi nella memoria di questa stagione: con un'elevazione da *"jump squat"* (cit. Spalletti), arriva a dare una zuccata in cielo e chiudere così la partita, tra i cori beceri degli spezzini.

Il Napoli conserva il suo vantaggio di 13 punti sull'Inter: ha gli stessi punti che la Juventus dei *"record"* guidata da Antonio Conte aveva alla stessa giornata di campionato. Quella che, alla fine, avrebbe vinto lo scudetto con 102 punti...

De Laurentiis vuole anche la Champions

De Laurentiis fa sul serio. Dallo scherzo telefonico all'ironia con il tifoso di turno, passa al proclama delle parole che, a pochi giorni dalla sfida con l'Eintracht di Francoforte valevole per gli ottavi della Champions, il quotidiano tedesco "Bild" diffonderà: "Non credo che giocatori come Kvaratskhelia e Osimhen andranno via in estate". L'intervista che il "patron" azzurro concederà ai colleghi teutonici spazia dalla massima competizione europea per club alla crescita esponenziale che la sua squadra, sia tra i confini dello "Stivale" sia – e soprattutto – oltre, a livello internazionale, ha mostrato nel corso dei lustri della sua gestione oculata ma, non per questo, meno vincente. "I nostri giocatori sono molto richiesti", spiega il Presidente, "ma non è che devo venderne uno soltanto perché siamo stati così bravi a non accumulare debiti". Quanto al traguardo, finora raggiunto e mantenuto, con insaziabile tenacia, del primo posto in classifica nella massima seria italiana, l'imprenditore cinematografico commenta: *"Lo scudetto sarebbe il giusto* **culmine di un decennio straordinario.** *Per la città significherebbe prestigio, buoni affari, prosperità. Rappresenterebbe un riscatto. In estate abbiamo avuto il coraggio di ringiovanire la rosa e Spalletti ha saputo far giocare la squadra in modo spettacolare e vincente".* De Laurentiis, poi, non ha dubbi: è convinto che il Napoli possa far strada anche in Europa: **"Abbiamo una squadra forte e credo che possa vincere la Champions League.** *Certo, ci sono squadre più forti, più blasonate, squadre che, nella loro rosa, possono vantare campioni pagati a peso d'oro, ma vediamo...".* Per finire, una chiosa doverosa sulla sfida imminente che i partenopei affronteranno, contro l'Eintracht, agli ottavi: *"Non dobbiamo pensare di essere migliori. La sfida che i tedeschi hanno giocato contro il Barcellona, lo scorso anno, ha detto tanto: in pochi avrebbero scommesso su di loro.*

88

Noi non commetteremo lo stesso errore".

Una cosa è certa; se il Napoli saprà garantire, in campo internazionale, anche soltanto la metà del rendimento che il suo ruolino di marcia ha registrato, finora, in Italia, farà la parte del gigante, come un Golia che nessun Davide, però, potrà mai impensierire: invincibile, inarrestabile, implacabile. Guardando ai numeri, quella degli azzurri si preannuncia come un'annata da *record:* 59 punti su 66 a disposizione; unica *debacle*, quella contro l'Inter, alla quale, però, è seguita poi una risposta di quelle che non lasciano alcun adito alle speranze altrui circa l'eventualità di un futuro crollo della squadra di Mister Spalletti: altre sei vittorie, consecutive, durante le quali, per di più, saranno ben 17 i goal all'attivo e soltanto 2 quelli incassati. Insomma, lo *score* di una macchina pressoché perfetta, che sembra tornata a macinare gioco e, quel che più conta, vittorie. L'ultima, il Napoli, con personalità e autorevolezza, l'ha ottenuta ai danni della "cenerentola" Cremonese: un 3-0 coronato dalla coppia Osimhen e Kvaratskhelia, sempre più temibile e temuta, nella cornice di uno stadio inondato d'azzurro, proprio come ai bei tempi degli scudetti maradoniani.

In vista di rientrare, di nuovo, sul prestigioso palcoscenico della Champions League, nel successivo turno di campionato, Spalletti sarà costretto a dosare le energie e a cambiare qualcosa contro il Sassuolo: i "panchinari" non aspettano altro. Quegli stessi che, chiamati in causa più volte, non hanno mai tradito, del resto, le attese del Mister: vedi Simeone, Raspadori, Elmas… Della serie, pur cambiando l'ordine dei fattori, il prodotto non cambia.

Anche contro gli emiliani, infatti, gli azzurri daranno spettacolo. Lo slalom ininterrotto col quale Kvaratskhelia riuscirà a farsi spazio tra le gambe degli ubriacati avversari, liberandosi per il tiro, dopo una finta e una contro-finta da manuale da calcio, varrà al georgiano il soprannome di "Kvaradona". Il raddoppio sarà, invece, di Osimhen: il solito fulmine, che spezza in due la partita. La potenza del nigeriano sembra fare da perfetto contraltare alle più raffinate invenzioni del suo compagno: i due, è come si completassero, dando vita a una rara combinazione di bellezza e di ardore, di tecnica e di prolificità. In quel ridotto "Maradona" che intanto ha trasformato il "Mapei" in uno stadio dove è facile sentirsi di casa, per ciascun tifoso lì accorso, si fa festa, perché, a questo Napoli, nulla più sembra essere vietato.

Da Francoforte ad Empoli, prova di forza devastante

L'appuntamento con la storia si avvicina: al Napoli, finora, non è mai riuscito di superare gli ottavi di finali della Chiampions League. Undici anni prima, ci era andato molto vicino: era la squadra del coriaceo Mazzarri e dei suoi tre tenori – la "bandiera" Hamsik, il "Pocho" Lavezzi e quell'atleta portentoso dal fisico di "indios" che risponde al nome di Edinson Cavani; dopo lo strabiliante 3-1 inflitto ai "blues" tra le mura amiche del "San Paolo", scoppia un terremoto nel club londinese; l'allenatore Villas Boas viene sollevato dall'incarico: prenderà il suo posto una vecchia conoscenza del calcio nostrano, ben conoscitrice però della realtà della "Premier", nella quale ha militato, da centrocampista: Roberto Di Matteo. Sarà sotto la guida dell'inesperto tecnico italiano che, a Londra, il Chelsea la ribalterà: ai tempi supplementari finisce 4-1 per gli inglesi. Quel Chelsea, poi, sarà l'inaspettata vincitrice della coppa dalle "grandi orecchie". Ma, nonostante l'eliminazione, il percorso degli azzurri valse al club di De Laurentiis un certo prestigio: da lì in poi, il suo Napoli non sarà mai più, per chiunque, una squadra da prendere sotto gamba, o una di quelle che, uscite dall'urna dei sorteggi, possa suscitare la convinta esultanza di chi se ne ritiene superiore, benedicendo la fortuna che ritiene gli sia capitata in sorte...

Anche il Napoli che, oggi, si trova a dover far fronte agli ottavi di Champions, contro i vincitori della precedente edizione della Europa League, è ritenuta dagli addetti la squadra rivelazione: una sorta di mina vagante che, in qualsiasi momento, può saltare, mandando all'aria i sogni di gloria, forse anche delle squadre storicamente più avvezze a vincere. Dalla sua, ha una rosa profonda e competitiva, che copre ogni parte del campo, garantendo continuità di prestazioni e risultati; una forza fisica dirompente, data la giovane età di molti giocatori che la compongono; e un gioco all'europea, poco italiano stando ai *clichè* degli esperti, propositivo c vcrticalc.

Il Napoli si presenta, alla vigilia dell'impegno, come vincitrice inattesa del suo girone: si è piazzato prima, davanti persino ai "diavoli" di Liverpool, guidati dal genio irriverente di Jurgen Klopp. E non disattenderà le attese. Anzi, la prova di maturità che gli azzurri sfoggeranno per l'occasione non farà che confermare quello che di buono è stato fatto durante la fase a gironi. Il Napoli sbancherà il "Deutsche Bank Park", con un'autorevolezza da grande squadra; nonostante un errore dal dischetto di Kvaratskhelia e l'espulsione di un irruente Mario Rui che lascerà i compagni, per l'ultima mezz'ora scarsa del *match,* a giocare in dieci contro undici, finisce 2-0: la sblocca Osimhen, col suo diciannovesimo sigillo (e ottavo goal di fila nelle ultime otto partite: l'attaccante più giovane a riuscire nell'impresa, da quando la vittoria vale 3 punti) e la chiude, al volo, di piatto sinistro, il capitano Di Lorenzo, dopo una magistrale azione offensiva propiziata da Zielinski e proseguita da un controllo in area e successivo *assist* di tacco di "Kvaradona".

Riprende così, sull'onda di un entusiasmo ormai quasi incontenibile, il campionato: a Empoli, in quello stesso campo dove, appena un anno prima, il Napoli aveva visto sgretolarsi i residui sogni di scudetto, arriva l'ennesima prova di forza degli azzurri. Per Luciano Spalletti, nato e cresciuto a Certaldo, a uno sputo da quel "Castellani" – spesso teatro di brucianti disfatte partenopee – e massimo artefice dell'Empoli dei miracoli, prima da calciatore e poi da allenatore, è una sorta di consacrazione: la vittoria, dopo un *tabù* che per sei anni filati gli azzurri non era mai riusciuti a sfatare, è netta. Non solo. È l'ottava di fila inanellata dal Napoli, dopo l'unica sconfitta finora subìta al "Meazza", contro l'Inter.

Anche al "Castellani", tremila napoletani – chiaramente non quelli residenti in Campania, come è ormai prassi adottata da (quasi) ogni prefettura -, non fosse sufficientemente evidente dando uno sguardo alla classifica, si ritrovano a cantare: "La capolista se ne va…".

Marzo 2023
Lo sgambetto del Comandante in due mosse

Arriva la Lazio dell'ex-"Comandante" Maurizio Sarri: qui, nonostante l'imperdonabile macchia del suo trasferimento alla corte di Agnelli & Co., nel 2019, nessuno lo ha dimenticato. L'uomo che, durante il suo triennio "sudista", osò sfidare il "Palazzo", facendosi portavoce dell'insabiazibile sete di riscatto del popolo di fede partenopea – e spesso quasi aizzandolo, quasi, a una contemporanea presa della Bastiglia; l'uomo a cui quasi riuscì l'impresa di condurre in porto la carovana azzurra a un trionfo per raggiungere il quale, qui, qualcuno avrebbe forse anche sacrificato qualche anno della sua vita pur di raggiungerlo; l'uomo che condusse il Napoli, nel 2018, a un solo punto dalla vetta - non senza l'intervento di una testata di Koulibaly che si insaccò imperioso, quasi allo scadere, nella porta dell'acerrima nemica di sempre, la Juventus di quelle tre stelle sul petto, un terzo almeno delle quali opache; per poi perdere il campionato malamente "in albergo", davanti alla T.V., prima ancora di riscendere in campo, a Firenze, guardando quell'Inter–Juventus rimasta nella memoria di tanti, qui, come l'ennesimo segno di un'ingiustizia che, da un secolo almeno, strappa il pane della gloria calcistica dalla bocca di coloro che pure, più volte, si sono mostrati all'altezza di ben meritarla: quel popolo azzurro, fiero delle sue radici, fedele alla maglia prima di ogni altra cosa.

Ma ora, sulla panchina del Napoli, c'è Spalletti. Il Mister, contro la Lazio, deve fare a meno dello squalificato Mario Rui: senza il suo "Professore" in campo, in ogni competizione, gli azzurri hanno regolarmente perso. Anche i biancocelesti, però, vantano un'assenza importante: in difesa, mancherà all'appello quel centrale che ha garantito a Sarri finora il miglior rendimento, Romagnoli.

Al "Maradona", è "*sold out*"; manca, però, l'anima delle curve: i tamburi, gli striscioni, le bandiere restano fuori, come un controverso provvedimento adottato dalla stessa società ha imposto.

Ma veniamo alla partita. Quella di Sarri, senza sminuire la qualità che l'amalgama della squadra capitolina traduce bene in campo, quasi non sembra una squadra di Sarri: a sconfessare l'offensività professata dalle teorie del "Comandante", ora in forza al club dell'esplosivo Lotito, l'atteggiamento rinunciatario della Lazio imbriglia la partita. Soprattutto Lobotka, faro del centrocampo partenopeo, viene ingabbiato dalla morsa sapientamente costruita per lui dal tecnico, che fu del Napoli. Messo fuori gioco il metronomo slovacco, Luis Alberto si trova a poter contare su un maggiore spazio per il suo estro, coadiuvato dalle incursioni offensive di Vecino, preferito, non a caso, al titolare Cataldi, sin dall'inizio del *match*. Sarà proprio un euro-goal dell'uruguaiano a rompere l'equilibrio di una partita, fino ad allora bloccata in un equilibrio che, anche alla premiata ditta del goal "K.O." (Kvara e Osi) – o, viceversa, "O.K." (Osi e Kvara) -, non era riuscito di spezzare. Anche questa seconda in campionato si rivelerà una sconfitta salutare, per la squadra dei *record*, per una notte ancora tornata umana.

De Laurentiis non lascia, ma raddoppia

Il post-sconfitta contro la Lazio inizia con il botto. Rispunta De Laurentiis e, quando il Presidente rilascia dichiarazioni alla stampa, non sono mai banali. La visionarietà, per così dire, del "patron" azzurro nel prospettare nuovi modelli entro i quali intendere e interpretare uno sport, come quello del calcio, gestito da norme che l'imprenditore ritiene ormai obsolete e controproducenti in termini di *business*, ha fatto in questi anni scuola. L'occasione propizia per tornare su questi argomenti si presenterà al Presidente, nel corso di un convegno tenutosi al Dipartimento di Giurisprudenza dell'Università della Campania "Luigi Vanvitelli", a Santa Maria Capua Vetere, che si svolgerà al cospetto di alcune figure al vertice della piramide di potere calcistica: *in primis*, il Presidente della F.I.G.C., Gabriele Gravina e il Presidente della Lega Calcio, Lorenzo Casini.

La saetta delaurentisiiana si abbatterà, immancabile, sugli astanti quando, a margine del convegno, a una domanda circa la doppia proprietà che vede coinvolta la famiglia De Laurentiis, comproprietaria appunto della Società Sportiva Calcio Napoli e della Società Sportiva Calcio Bari (vietata, lo ricordiamo, per legge, all'interno del medesimo campionato), in vista di una probabile promozione il successivo anno dei pugliesi, il Presidente risponde: *"Se il Bari salirà in Serie A, lo cederemo a qualcuno che saprà gestirlo in maniera esatta"*. E continua: *"***Io sono tifoso del Napoli***, della città, altrimenti mica sarei rimasto per 19 anni alla presidenza del club... La mia famiglia ha un rapporto con 'Partenope', che viene da lontano. Mio nonno si trasferì a Torre Annunziata fondando un pastificio..."*. E prende il largo, sulla sconfitta appena rimediata dai suoi azzurri contro la Lazio: *"***Sarri è stato paraculo: si è coperto, invece di giocare come sa***"*. E sulla fatidica domanda: *"Scudetto o Champions? Mi auguro entrambi.* **Ma non diciamo: 'è fatta', altrimenti ci portiamo jella da soli"***. Poi c'è tempo per l'attacco frontale contro il mondo dei procuratori sportivi: *"Perché i contratti devono essere di cinque anni?* **Perché non posso fare un contratto di otto anni?** *Dopo i due anni, se il calciatore ha cambiato agente e il nuovo non ha ancora guadagnato, comincia a chiedere un aumento"*. *E, per finire, la* chiusura dedicata alla F.I.F.A.: *"Avete visto su Netflix quello che ha combinato la F.I.F.A. negli ultimi anni?* **Hanno rubato miliardi e miliardi:** *loro che stanno in Svizzera, fuori da ogni giurisdizione europea, e che nessuno controlla..."*.

È atterrato un extraterrestre: Kvaradona

Chiamatelo pure "Kvaradona". Il *mix* è perfetto: metà Kvaratskhelia e metà Maradona. A inizio di stagione sembrava impensabile potesse anche soltanto essere ipotizzato un paragone così irriverente: una bestemmia, quasi. Ma il georgiano, di mese in mese, di partita in partita, dimostra quanto l'accostamento non sia l'eresia delirante di qualche incompetente, in vena di dissacrare l'idolo caro agli azzurri: Sua Maestà Diego Armando Maradona.

E, se qualche riserva la si poteva ancora nutrire, nella notte dell'11 marzo, brillerà in tutto il suo fulgore la stella di Kvicha Kvaratskhelia.

Al "Maradona" va in scena Napoli-Atalanta e sarà questa partita a consacrare il georgiano come il giocatore più estroso, magico e sublime, mai visto con la maglia azzurra, dopo il più grande di tutti: quel "D10S", al cui piede sinistro il popolo napoletano non ha mai smesso di tributare onori.

Corre il 69': Osimhen conquista palla e si lancia in una delle sue micidiali ripartenze in contropiede; il nigeriano vede Kvaratskhelia in area; è accerchiato da un nugolo di calciatori in maglia nerazzurra, ma lo serve ugualmente: Kvara li semina uno a uno con una serpentina degna di Thöni, poi scarica un destro spaventoso sotto l'incrocio dei pali della porta difesa Musso... goal! Il fragore del boato del "Maradona" è dirompente: lo stadio che pure ha potuto mirare, per sette anni, i numeri incredibili di Diego, s'inchina alla perla di Kvara, nei piedi del quale sembrano quasi essersi reincarnato l'estro del sommo argentino.

La rete del georgiano vale pure, poi, a sbloccare una gara complicata, assolutamente da vincere per gli azzurri, dopo la sconfitta che hanno rimediato contro la Lazio, e prima di un'altra importantissima sfida in Champions: quella che vedrà impegnato il Napoli, appunto, per la prima volta nella sua storia, nei quarti di finale della massima competizione europea per club.

Una distanza siderale, ormai, separa il Napoli dalle altre; archiviata la pratica bergamasca, alla fine del campionato mancano solo 12 partite: in palio, ci sono dunque, da qui alla fine, soltanto 36 punti. Insomma, anche per i più scaramantici, può iniziare il *count-down* in vista del terzo scudetto.

Unica nota stonata di quest'altra magica notte è il mancato accesso dei vessilli azzurri, in tutti i settori dello stadio, per quel ferreo regolamento imposto da un provvedimento che la Società ha ritenuto, controcorrente, di dover adottare nei confronti degli "ultras". Per una città che, dopo una lunghissima attesa, si appresta a coronorare il suo sogno, vedere lo stadio senza striscioni, bandiere, tamburi, è un po' come mangiare una pizza "margherita", ma senza mozzarella.

Il "G8" della Champions rovinato dagli "ultras"

In Champions, il sogno del Napoli si è comunque già avverato: per la prima volta gli azzurri entrano a far parte del "G8" delle grandi d'Europa. Con una doppietta di Osimhen e un rigore di Zielinski, il Napoli, agli ottavi, ha asfaltato l'Eintracht Francoforte per 3-0. Un'altra tappa che, a inizio stagione, sembrava impossibile è così stata raggiunta dalla compagine guidata da Spalletti.

A rovinare la festa per il passaggio ai quarti, però, ci penseranno i nuovi "*black-block*" del tifo. Un'impresa storica viene letteralmente marchiata a ferro e a fuoco da una violenza inaudita, ingiustificata, scatenata da un manipolo di teppisti di strada, giunti dalla Germania, senza biglietto, nonostante il divieto di trasferta imposto loro da Prefetto e Questore di Napoli. Sarà una giornata di terrore, di scontri, di devastazioni, che viene a rovinare uno dei traguardi più attesi nella storia del club partenopeo. La città e, in special modo, il suo centro storico viene messa in ginocchio dall'orda barbara di quattrocento "ultras" tedeschi, ai quali si unisce pure qualche decina di "ultras" bergamaschi infiltrati: sono sbarcati a Salerno in treno, per poi arrivare a Napoli. Circa novecento unità delle Forze dell'Ordine sono pronte ad aspettarle, in rigoroso assetto anti-sommossa. Si riveleranno, nonostante, un muro insufficiente a contenere la sete distruttiva degli scalmanati tifosi tedeschi. Il problema è a monte: come sia stato possibile farli arrivare, questi "ultras", pur conoscendo in partenza le intenzioni guerrafondaie a cui avrebbero dato libero sfogo una volta messo piede in terra campana. Quello che sorprende è che sappiano esattamente cosa fare, come muoversi, dove dirigersi: il loro passaggio semina scompiglio, disordini, devastazione. In pellegrinaggio verso il *murales* di Diego Armando Maradona, sul Lungomare Caracciolo, in marcia verso il "Maradona", chiaramente senza biglietto: alle loro spalle, lasciano una scia di auto incendiate, vetri rotti, cassonnetti ribaltati. Sono i nuovi "*black- block*" del tifo tedesco, la sua frangia estrema: quando entrerà in contatto con i napoletani, e non soltanto tifosi, si assisterà a scene apocalittiche di vera e propria guerriglia urbana. Finirà con un bilancio di otto arresti - cinque napoletani e tre tedeschi – e sette feriti tra le Forze dell'Ordine: hanno fatto il massimo per arginare la furia dei "barbari", ma evidentemente non è bastato.

All'indomani degli scontri, perdurati fino all'alba del giorno dopo, viene indetta una conferenza stampa con Prefetto, Questore, Sindaco di Napoli e il Presidente Aurelio De Laurentiis. "Non ci è scappato il morto, almeno...". Qualcosa, però, è chiaro, non ha funzionato nelle strategie messe in campo per arginare e neutralizzare i tedeschi. È emersa, in maniera palese, la necessità, in futuro, di cambiare le regole nella gestione di partite a rischio come Napoli-Eintracht.

Il destino nell'urna di Nyon

Dall'urna di Nyon esce fuori un *derby* tutto italiano per i quarti di finale di Champions League: Milan-Napoli, prima a San Siro e poi Napoli-Milan, al "Maradona". Ovvero: i Campioni d'Italia in carica contro coloro che sono sulla buona via per diventarlo in futuro. Roba d'altri tempi: la memoria va agli anni in cui Maradona, Careca e Alemao si giocavano lo scudetto contro il Milan degli "olandesi volanti", Rjikaard, Gullit e Van Basten. In palio ora, però, c'è un traguardo ancora più prestigioso: l'accesso nientemeno che a una semifinale della fu-Coppa dei Campioni.

Certo, per blasone, ai rossoneri non manca la confidenza con partite simili: la più ambita delle coppe, l'hanno vinta infatti già ben sette volte (soltanto il "*galactico*" Real è riuscito, nel corso della sua gloriosa storia, a fare di più, conquistandone esattamente il doppio). Sicché il Milan è chiaramente, e in maniera schiacciante, da eitenersi più esperto nella competizione in confronto a un Napoli che invece, all'opposto, non era finora mai stato nemmeno tra le prime otto d'Europa: un Napoli che, però, quest'anno, con le sue brillanti prestazioni, si è guadagnato il ruolo di vera *outsider* della Champions.

Ma l'urna di Nyon regala pure un altro intreccio fortunato, per un calcio, quello italiano, investito da una crisi di *appeal* e di risultati ormai decennale. L'altro quarto di finale, infatti, vedrà di fronte Inter e Benfica. Il terzetto di squadre nostrane è riuscito, così, a evitare i grandi spauracchi di ieri e di oggi: il Bayern Monaco, il Real Madrid e il Manchester City che, infatti, si affronteranno nell'altra parte del tabellone, eliminandosi a vicenda. Una tra Napoli e Milan approderà di sicuro in semifinale contro la vincente tra nerazzurri e portoghesi. Il che vuol dire una sola cosa: che una squadra italiana, nell'edizione

2022/2023 della Champions League, sarà di certo una delle quattro semifinaliste.

Spalletti cerca di far tornare tutti con i piedi per terra quando la stragrande maggioranza degli addetti, non soltanto all'interno dell'ambiente partenopeo, addita nel Napoli la sicura vincente del doppio confronto contro gli incostanti rossoneri di Pioli: "L'anno irripetibile", ammonisce il tecnico azzurro, "sarà sempre il prossimo, e poi il prossimo ancora, e a seguire...". Ma nessuno gli crede: gli azzurri, quest'anno, hanno praticamente lo scudetto già cucito sul petto e questo Milan che, in campionato, ha espresso un andamento quanto meno altalenante, non sembra all'altezza di potere impensierire gli azzurri, al punto di eliminarli. C'è cho, anzi, si spinge a intravedere spalancata già, per gli azzurri, la strada per il rettilineo che porta dritto a Instanbul. La possibilità di conquistare un "*double*" non è poi così campata in aria.

I "draghi" azzurri infiammano l'"Olimpico" di Torino

È il giorno della riapertura ai tifosi azzurri dopo la restrizione, durata oltre due mesi, che li ha visti essere esclusi da ogni stadio, al di fuori del loro "Maradona".

In calendario c'è Torino Napoli: l'"Olimpico" si veste per l'occasione quasi interamente d'azzurro. L'opportunità è propizia per allungare ancora di più in classifica sulle dirette inseguitrici. Anche per quest'occasione, il *flashback* con il Napoli di Maradona e Careca viene facile; e non soltanto per la marea azzurra tornata a offrire il suo emozionante colpo d'occhio, ma anche per quello che Osimhen e Kvaratskhelia in attacco sta riuscendo a combinare: il "drago a due teste", così come lo stesso Spalletti definirà l'inedita coppia dei suoi gioielli, sembra essere venuto alle pendici del Vesuvio per rinverdire i fasti della celebre magica coppia che, in passato, regalò i primi due tricolori al Napoli – a conti fatti, gli unici, ancora, della sua storia.

Il *match* non avrà storia. La difesa di Kim e di Rhamani è impeccabile; Meret ci metterà del suo con una doppia parata miracolosa, prima su Ricci, poi su Sanabria. Infine il "drago" farà un solo boccone anche del Toro: 4-0.

Aprile 2023

Il Napoli batte anche la scaramanzia

La città inizia pian piano a vestirsi a festa, tutta d'azzurro; sembra quasi che la scaramanzia sia stata spazzata via nei vicoli di Napoli. Dai quartieri più popolari, infatti, spuntano striscioni come se fossero funghi: la fantasia impazza tanto sui balconi quanto sul *web*.

Alla vigilia della prima delle tre sfide con il Milan, ecco che arriva, però, la notizia che fa sobbalzare gli scaramantici più incalliti: Osimhen, di ritorno dai suoi impegni con la Nazionale nigeriana, torna a Napoli e si ferma. La diagnosi gela in una morsa il cuore dei tifosi e, *in primis*, quello di Spalletti: lesione distrattiva all'adduttore sinistro. Il nigeriano salterà di certo la prima gara con i rossoneri. Non solo: sono fortemente a rischio anche i successivi due impegni in Champions.

Non è la prima volta che l'attuale *bomber* del campionato di serie A torna malcolcio da una trasferta al seguito della Nazionale nigeriana. De Laurentiis se n'è più volte lamentato. Quanto a Mister Spalletti, alla vigilia della partita, non nasconderà di sentirsi penalizzato dalla mancanza di Osimhen; ma, più ancora, forse dall'assenza del consueto, decisivo, apporto delle curve.

Va così in scena Napoli-Milan: una tra le più surreali partite di calcio mai viste in quel di Fuorigrotta.

La giornata pallonara inizia alle 16.30 quando, all'esterno della stazione "Mostra d'Oltremare" della Circumvesuviana Flegrea, andrà in scena la protesta indetta dagli "ultras" napoletani. Da buon cronista mi reco sul luogo, puntuale; ci sono un migliaio di persone suddivise tra membri del tifo organizzato e tifosi comuni: intonano cori di sostegno alla squadra, da un lato e di contestazione verso il presidente della Società Sportiva Calcio Napoli, Aurelio De Laurentiis, dall'altro. "Napoli siamo noi", recita uno striscione delle curve, tra fumogeni e sventolio di bandiere azzurre, quelle stesse che da mesi sono vietate al "Maradona".

A onor del vero, il regolamento non è che vieti di introdurre le bandiere all'interno dello stadio: ma i mille paletti che questo stesso impone rende difficile, specie per il tifoso comune della curva, rispettarlo: si chiede, infatti, questo tifoso comune della curva, perché debba servire tutt'a un tratto una laurea per entrare allo stadio e fare quello che, qui, si è sempre fatto: tifare, e tifare con bandiere, sciarpe, tamburi.

Un autentico divieto è, invece, quello del quale sono stati fatti oggetto, alcuni gruppi "ultras" del Napoli, tutti tesserati: quegli stessi che hanno partecipato agli scontri contro gli acerrimi rivali della Curva Sud della Roma, sull'autostrada A1, nei pressi dell'autogrill di Badia al Pino Est, l'8 gennaio scorso: non c'è spazio per loro allo stadio. Una misura che verrà confermata tanto più, dopo i tafferugli che a Francoforte si verificheranno, di nuovo, tra "ultras" napoletani e "ultras" tedeschi-

Ma quella che si sta svolgendo ora, prima della gara contro il Milan, va detto, è una manifestazione pacifica, colorata, rumorosa: non violenta. Il tifo, sugli spalti, sciopererà. Il clima, al "Maradona", sarà così surreale, con le curve A e B rinserrate nel loro deleterio mutismo: dall'inizio fino alla fine, si sentiranno cantare solo i milanisti. Forse anche per questo, chissà, la partita sancirà un verdetto impensabile alla vigilia: uno 0-4 che, in un colpo, fa precipitare la capolista in una crisi d'identità. Dov'è finito il Napoli?

Non bastasse, in curva, si accende un tafferuglio: coinvolti, sono due gruppi storici della curva B, i "Fedayn" e gli "Ultras 72". Parte un fuggi fuggi generale di famiglie e tifosi "normali" dalla parte centrale del settore verso le estremità della curva. I "Fedayn", per la cronaca, sono gli unici rimasti fedeli al vecchio codice "ultras" che vede nella tessera l'esercizio di un abuso di potere della società nei confronti del tifoso: di conseguenze non sopportano, così, coloro che, pure "ultras", hanno deciso di piegarsi a questo compromesso, finendo col tesserarsi, pur di seguire la squadra in trasferta. Mentre impazza il parapiglia in curva, in campo, intanto, va di male in peggio: Leao ha già portato il risultato al sicuro per i rossoneri nel giro di nemmeno mezz'ora. Per un attimo sembra di essere tornati al tempo di quel Napoli che non poteva competere con lo strapotere delle squadre del Nord: quel Napoli che doveva lottare, a denti stretti, fino all'ultimo per strappare una salvezza; o a quel Napoli che subì l'onta della retrocessione, tra i fischi e le contestazioni del suo pubblico. Invece no, qui ci troviamo soltanto di fronte a un sogno inseguito da ben 33 anni, che qualcuno, però, si è messo in testa di voler rovinare...

L'Aurelio furioso non si placa

Eccolo di nuovo in campo, **Aurelio De Laurentiis. N**on si placa, il Presidente, dopo la sonora sconfitta rimediata dagli azzurri contro il Milan: è un fiume in piena.

L'occasione per un nuovo intervento gliela darà il dibattito *"Verso lo stadio del futuro",* organizzato dalla Lega Serie A, al Salone d'Onore del C.O.N.I. Il "Patron" azzurro affronta, innanzitutto, il tema della festa per l'imminente vittoria del terzo Scudetto: *"Avverrà allo stadio, e non penso ci saranno problemi.* **Ma non è che ci stiamo portando jella da soli, parlando di scudetto?** *Alla fine, facendo così, magari questo scudetto s'ammoscia..".* L'unico argomento che non lo preoccupa, dice poi, è la sconfitta contro il Milan*: "Fa parte del calcio, dove tutto può succedere".* Quindi si surriscalda, il Presidente, quando è il momento di commentare gli scontri avvenuti, la domenica precedente, al "Maradona": *"Questa è una storia che dura da cinquant'anni.* **Finché non si prende la legge della Thatcher e la si mutua in Italia, avremo sempre questi problemi. Quelli non sono veri tifosi, ma delinquenti ai quali, non si perché, ancora si permette di andare allo stadio".**

De Laurentiis finisce così, come spesso gli accade, per conquistare la scena: a briglia sciolta rende partecipi tutti dei segreti che sono alla base dello scudetto, ormai ad un passo: *"Saper fare il mercato,* **non avere alcuna difficoltà a lasciare andare via le pecore nere.** *Si può anche arrivare a scadenza contrattuale. Visto che non ti sei mai sentito partenopeo, è bene che tu vada altrove. Noi ora abbiamo una squadra estremamente rinnovata: i giovani si sono resi conto di essere un unico corpo, siamo finalmente in undici, o ventidue".* Infine, c'è spazio anche per qualche dichiarazione s**u Kvaratskhelia e il suo rinnovo: "La volete finire? Ha già firmato l'estate scora, per 5 anni...".**

Questo, davanti ai microfoni.

Ma la distensione che De Laurentiis sembra perseguire con le sue dichiarazioni, volte tutte, a ben ascoltare, a minimizzare le pressioni che incombono sulla sua squadra, è aria fritta per quei tifosi inviperiti dalle nuove regole del gioco a cui si vedono costretti dai provvedimenti adottati dalla Società.

Lo scontro tra il Presidente e la tifoseria organizzata, anziché attenuarsi, diventa frontale, e nel momento più importante della stagione: alla vigilia della gara contro il Lecce. Spalletti subodora il pericolo: nella conferenza stampa del pre-partita, esplicitamente chiede che non venga a mancare alla sua squadra l'apporto dei tifosi, invitando a una mediazione che, però, stenta ad arrivare. Sul sito ufficiale, la Società Calcio fa ancora bella mostra della sua linea: è possibile entrare nello stadio muniti dell'attrezzatura per tifare, semplicemente compilando un modulo scaricabile sul *web*... Una misura restrittiva che in nessun altro stadio è stata finora mai contemplata, commenterà degnamente un rappresentante dei tifosi della curva A, intervenendo in una trasmissione radiofonica locale.

Lecce: la vittoria del cuore oltre l'ostacolo

Quella contro il Lecce è la trasferta più difficile della stagione, il crocevia tra campionato e Champions: una partita da vincere a tutti i costi, per dedicarsi poi, anima e corpo, all'impegno europeo. Bisogna poi lavare via l'onta del capitombolo patito in casa contro il Milan.

Per me sarà una trasferta diversa dalle altre: sei ore di auto tra andata e ritorno. Niente treno, né tanto meno aereo, stavolta.

Il Napoli dovrà fare a meno di Osimhen, il *goleador* del campionato. E, a tenere banco, come si è detto, è la questione "ultras": quelli del Napoli in terra leccese, allo stadio di "Via del Mare", saranno circa 1.200. Tutti in curva, a tifare con bandiere e striscioni. Oltre ai cori per i propri beniamini, ne vengono riservati altri, di cattivo gusto, contro il Presidente De Laurentiis. Che vedranno, per di più, alleati gli "ultras" giallorossi: anche questi prendono di mira il "patron" partenopeo.

La gara si sblocca grazie al capitano di Lorenzo, sull'ennesimo *cross* di Mario Rui. La squadra azzurra, si vede a vista d'occhio, non mostra però quella brillantezza che gli ha consentito, per mesi, di comandare il gioco. Dopo sette giri di lancette dall'inizio del secondo tempo, Di Francesco afferra il pari, infatti, costringendo poi il Napoli a una gara di grande sacrifico e sofferenza. Spalletti si affiderà, sul finire, alla consueta staffetta tra Raspadori e Simeone. "Jack", schierato titolare, non è ancora in condizione dopo un lungo stop seguito a un infortunio; mentre il "Cholito", subentrato all'attaccante della Nazionale azzurra, si fa male, dopo appena una manciata di secondi dal suo ingresso in campo. Fortuna che, poco prima, era arrivato il vantaggio del Napoli, opera di un clamoroso autogoal di Gallo, con "paperissima" di Falcone.

In concomitanza con una serie di risultati favorevoli agli azzurri, i pareggi di Inter e Milan e la vittoria della Lazio sulla Juventus, la squadra di Spalletti compie un balzo decisivo in classifica. Resta soltanto da ricucire, in qualche modo, lo strappo tra il Presidente e il tifo organizzato.

Da tifoso di lungo corso in curva, oltre che da giornalista sportivo e inviato di Canale 21 in ogni trasferta del Napoli, in questo ultimo biennio, pubblico nel merito il seguente *"post"* sui *social*: "È ora di mettere un punto sulle questioni che stanno dividendo la piazza in un momento storico sportivo tanto atteso. Parlo della questione tifo: bandiere, tamburi, restrizioni, striscioni, contestazioni… Sia ben chiaro a tutti un concetto: il fenomeno 'ultras' è un movimento, un'ideologia e uno stile di vita che accomuna tutti gli 'ultras' d'Italia; basta girare negli stadi, osservare e ascoltare, per rendersene conto. Piaccia o non piaccia. L'errore grossolano è, però, rischiare di generalizzare, sparare nel mucchio, identificando ed accomunando il fenomeno necessariamente con quello della violenza e delle infiltrazioni di frange delinquenziali, così come quelle politiche (vedi curve della Roma e della Lazio). Questo è un problema, da sempre esistito fin dagli anni Ottanta, mai affrontato una volta e per tutte a livello nazionale, con gli strumenti che pure si avrebbero a disposizione; eventualmente scrivendo leggi speciali da far rispettare a tutti, nessuno escluso. A Napoli siamo in una situazione surreale: riesce facile creare problemi, quando le cose vanno benissimo, nello stadio dove da sempre le curve sono state espressione di *anima 'e core* del tifo popolare. Dalle salvezze di Pesaola e Rambone agli scudetti maradoniani, passando per le retrocessioni e le rinascite. Proprio nel momento più bello si va ad inasprire il rapporto dialettico ed organizzativo con la tifoseria, creando nuove regole *ad hoc* per allontanare e scoraggiare il tifo. Vedi il regolamento d'uso del 'Maradona'. Proprio ora, a un passo dal traguardo. Nel momento cruciale e più emozionante della stagione e della storia. È un peccato proprio: ma c'è ancora tempo per fare un passo indietro. È assurdo e ingiusto contestare De Laurentiis, così come è

112

inconcepibile non poter tifare la propria squadra come accade in tutti gli stadi d'Italia. D'ora in poi: tifare a prescindere, e basta contestazioni. Godiamoci la festa. Tutti insieme, appassionatamente".

La pace di De Laurentiis con gli "ultras"

È il momento più importante della stagione: bisogna compattarsi. E De Laurentiis sceglie il modo più cinematografico possibile per fare pace con gli "ultras".

A poche ore da Napoli-Verona, e a pochi giorni dalla sfida di ritorno contro il Milan in Champions, il "patron" del Napoli regala una pace storica che resterà ricordata negli annali della storia azzurra. L'incontro tanto atteso tra lui e i capi dei gruppi più oltranzisti delle curve arriva a una manciata di minuti dal *match* contro gli scaligeri. Il Presidente, cogliendo tutti di sorpresa, lo racconterà in un "tweet", con foto annessa allegata che lo ritrae a comporre un idilliaco quadretto con gli "ultras": *in primis,* a sorprendersi saranno gli stessi tifosi immortalati nel quadretto di cui sopra che, di colpo, si ritrovano sul profilo ufficiale del numero 1 del club azzurro. "Napoli siamo noi, Presidente e tifosi" è la didascalia.

Si chiude così, definitivamente, una diatriba che durava da troppi anni, tra il cuore pulsante dello stadio e un Presidente fin troppo contestato, contro il quale si potrà dire di tutto e di più, ma non certo di aver mai compromesso un'organizzazione aziendale e gestionale che infatti, non a caso, sta dando i suoi frutti, raggiungendo, dopo 33 anni di estenuante e soffertissima attesa, un traguardo che, a inizio stagione, sembrava impensabile, irraggiungibile.

La gara contro il Verona sarà, così, di nuovo accompagnata, finalmente, dallo sventolio ritrovato delle bandiere, dal suono dei tamburi, dai cori incessanti delle curve. Il contorno suggestivo e emozionale non verrà ripagato, tuttavia, con la vittoria; né con il gol, che resta soltanto strozzato in gol, quando un tiro del rientrante Victor Osimhen sbatterà clamorosamente sulla traversa. È il nigeriano, la vera nota positiva del *match:* i suoi venticinque minuti fanno ben sperare per la gara contro il Milan. Osi si muove, ha voglia di spaccare in due il campo; certo, la condizione non è ancora del tutto ritrovata, ma quello che conta è che il *bomber* ci sia. Con il nigeriano in campo, capace com'è di spostare gli equilibri di tutto il reparto offensivo e di condizionare positivamente il gioco della squadra, è tutta un'altra storia.

Delusione Champions

Arriva la prima delusione di una stagione, comunque trionfale. L'eliminazione in Champions, da parte del Milan di Leao. Eppure il risultato dell'andata aveva lasciato sperare in una possibile rimonta da parte degli azzurri.

Il "Maradona" è di nuovo vestito a festa: la pace con De Laurentiis ha rinsaldato e compattato ancora di più tutto l'ambiente. Insomma, i presupposti per una grande impresa ci sono tutti. Da un punto di vista mentale, i rossoneri partono con il vantaggio di avere strapazzato, qualche settimana prima, il Napoli, nel suo fortino, per 4-0; e di averlo superato, poi, anche nella gara di andata degli ottavi di Champions, per 1-0.

Pioli è riuscito a sfruttare i pochi punti deboli degli azzurri; le ripartenze sono diventate l'arma in più dei rossoneri, quelle di Leao fra tutti.

Sarà il portoghese, non a caso, alla prima occasione, a colpire gli azzurri su una disattenzione clamorosa di Ndombele. Il "Maradona" si ammutolisce all'improvviso. Si fanno pure male Politano e Mario Rui, in una manciata di secondi l'uno dall'altro. Osimhen non incide, Kvara non punta come al solito gli avversari. Si capisce, con lo scorrere inesorabile del tempo, che si ha che fare con una serata maledetta. Si sente la mancanza di Anguissa e, soprattutto, di Kim, entrambi squalificati dopo la gara d'andata diretta dall'arbitro rumeno Kovács, la cui conduzione era apparsa ai più inadeguata: un *derby* italiano, valevole per l'accesso alle semifinali di Champions – ossia una partita tra due compagini che tanto si conoscono quanto da tanto, storicamente, rivaleggiano e dalla quale dipendono fior fior di milioni, non soltanto gloria e prestigio –, poteva forse trovare una designazione maggiormente all'altezza della posta in palio, in molti diranno nel post-gara. Per questo ritorno è stato selezionato, invece, un arbitro di assoluta caratura internazionale come Marciniak: e sarà il polacco a mostrarsi decisivo, portando

116

il fischietto alle labbra, al 20', per assegnare al Milan un calcio di rigore, giudicando passibile della massima punizione un intervento di Mario Rui ai danni dell'imprendibile Leao. Sul dischetto va Giroud, ma Meret para.

A due minuti dal riposo, Ndombele commette un errore grossolano nella metà campo del Milan: il pallone finisce tra i piedi dell'attaccante portoghese che, in velocità, semina il panico, superando prima Rrhamani, poi Di Lorenzo, e servendo un pallone sul quale l'esperta punta francese, in forza ai rossoneri, non può sbagliare. E così Giroud si fa perdonare il *penalty* mancato, piazzando il colpo che vale il vantaggio. Un vantaggio che spezza le reni al Napoli.

Nel secondo tempo, gli azzurri potrebbero anche riaprire la partita: Marciniak fischia un fallo da rigore anche in loro favore. Sul dischetto si presenta Kvaratskhelia, che sbaglia: Maignan para. Peccato... perché, a pochi secondi dalla fine, Osimhen devia in rete un traversone di Raspadori consentendo, per pochi istanti, ai tifosi di cullare l'illusione di un miracolo che, ovviamente, non avviene. Troppo poco il tempo rimasto ormai a disposizione.

Il Napoli è fuori dalla Champions League: è la prima o, meglio, l'unica delusione di una stagione che, altrimenti, sarebbe potuta dirsi anche trionfale.

La madre di tutte le partite

La delusione Champions ci sta tutta, ma il campionato era e resta l'obiettivo vero della stagione.

L'occasione del riscatto immediato capita a pennello; c'è la Juventus da sfidare a Torino; insomma, la madre di tutte le partite.

Il viaggio per raggiungere lo "Stadium" è estenuante. Il treno partirà all'alba. Un comodo e veloce "Frecciarossa", sul quale mi concedo alle mie solite divagazioni a cavallo tra passato e presente. Era l'anno, ancora, del primo scudetto; quello juventino, era uno strapotere calcistico e, più ancora, economico: Torino era stata, alla pari con Milano, la città che aveva visto, durante gli anni del "*boom*", salire carovane di emigranti dalle regioni del Sud, per lavorare alla F.I.A.T. Al tempo c'era Maradona, il "Masaniello" del pallone: fu la squadra guidata dal divino a condurre in porto l'impresa della "presa di Torino", nel vecchio "Comunale": dopo il gol del vantaggio siglato dal danese Laudrup, prima Ferrario in mischia, poi una mezza girata di Giordano e, infine, un diagonale di Volpecina sancirono, con uno storico 1-3, la fine del dominio bianconero davanti a una curva "Maratona" stracolma all'inverosimile di 25.000 tifosi azzurri.

Ma ora stiamo andando all'"Allianz Stadium", dove è in palio lo scudetto 2022/2023.

La gara, in campo, è molto fisica: i bianconeri vogliono a tutti i costi battere i futuri "Campioni d'Italia". L'occasione per farlo arriva con Cuadrado, ma si conclude in un nulla di fatto; poi Kvaratskhelia ed Osimhen fanno sentire tutto il loro peso offensivo, in almeno tre circostanze favorevoli. Ma, anche qui, nulla di fatto. A dieci minuti dalla fine, il V.A.R. annullerà un goal a Di Maria e, proprio quando lo zero a zero sembra inevitabile, Spalletti richiama in panchina Kvaratskhelia, concedendo a Raspadori gli ultimi quattro minuti del *match*. E accade il miracolo: su una pennellata di Elmas, che attraversa tutta l'area bianconera, "Jack" colpisce al volo, siglando quello che sarà il goal scudetto: esplode, incontenibile, la festa a Torino. Continuerà anche a Napoli, dove la squadra rientrerà nel cuore della notte. Una notte magica: ormai, per lo scudetto, manca soltanto l'aritmetica.

Lo scherzetto di Dia

È tutto pronto.

Sembra di essere tornati finalmente indietro nel tempo. La pellicola è pronta a girare il suo *ciak* finale.

La Lazio è stata sconfitta al "Meazza" dall'Inter. Al Napoli bastano soltanto altri 3 punti, solo 3 punti: una vittoria soltanto, per tagliare il traguardo.

Ad attendere gli azzurri, c'è il *derby* contro la Salernitana. Tra le due squadre campane, si sa, non corre buon sangue: sebbene si siano incontrate (o scontrate, a seconda dei punti di vista) soltanto in due stagioni nella massima serie, è una rivalità, quella che vede opporre Salerno, la provincia, a Napoli, il capoluogo – quando non proprio la "Capitale"… - che affonda le sue radici nella storia. La provincia non ci sta a fare la parte della controfigura, anche questo si sa: si ritiene all'altezza di competere con quella città che, distante un centinaio di chilometri, in qualche modo, con la sua storia ingombrante, con la sua straziante e straziata bellezza, la offusca, da sempre.

In questa sfida che può sancire la vittoria azzurra del loro terzo tricolore, i salernitani vogliono perciò, tanto più, recitare la parte dei guastafeste.

Il "Maradona" sembra la fotocopia del "San Paolo" targato 10 maggio 1987: è tutto azzurro, imbandierato, pronto finalmente a fare esplodere la festa. Dalle prime ore del giorno, il popolo napoleyano si è messo in marcia verso lo stadio di Fuorigrotta; anche chi non ha il tagliando per vedere la partita vuole godersi lo spettacolo, se non altro, al di fuori. Perché anche Piazzale Tecchio, per un giorno, varrebbe il prezzo di un biglietto. Ci sono nonni che portano per mano i nipoti, padri che tengono sulle spalle i figlioletti, ragazze che accompagnano a braccetto i loro fidanzati. Il pensiero va a chi non c'è più, a chi non può riassaporare il gusto dolcissimo della vittoria, dopo tante sofferenze…

Ma, prima, bisogna fare i conti, appunto, con la Salernitana: squadra completamente rilanciata, nel gioco e nello spirito, da Paolo Sousa, subentrato sulla panchina granata al Mister che pure l'aveva strappata dal baratro della "B" riacciuffando un'improbabile salvezza all'ultima giornata nel campionato precedente, ossia Davide Nicola. Ma il calcio, come la vita, è ingrato a volte.

Il Napoli, dopo nemmeno sessantasei secondi, ci prova con Osimhen, servito da Lozano: è il primo squillo. Il secondo arriverà di testa, sempre quella del goleador "mascherato": i guantoni del messicano Ochoa, in vena di mettersi in mostra, ci arriveranno ancora. Il numero uno salernitano si supererà quando riuscirà a deviare in angolo, allo scadere della prima frazione, un bolide di Anguissa, da fuori area.

Nella ripresa la musica non cambia, con il Napoli a fare la partita e la Salernitana a difendersi, in maniera compatta e ordinata. Al 61', la difesa granata deve arrendersi però: su calcio d'angolo Olivera riesce a imbeccarla di testa. Stavolta Ochoa non può nulla: il terzino uruguaiano corre sotto la curva B. È il delirio azzurro. Si ricomincia poi, palla al centro: mancano pochi minuti ormai. Kvaratskhelia potrebbe chiudere i conti, ma il suo diagonale finisce di un soffio a lato. E a 7' dalla fine, e dallo scudetto, arriva lo scherzetto di Dia: il senegalese si impossessa del pallone e, da fuori area, fulmina Meret gelando lo stadio. A nulla serviranno gli ultimi, generosi, assalti partenopei: il fortino granata regge. M la festa è soltanto rimandata.

Maggio 2023
Campioni d'Italia, Campioni d'Italia,
Campioni d'Italia

Udine, tra tutte, è la trasferta più lunga ed estenuante, specie se ci devi arrivare in treno. L'emozione del momento, però, mi fa gettare il cuore oltre l'ostacolo. Che vuoi che siano, del resto, gli 837 chilometri all'andata, più quelli del ritorno, rispetto ai 39.000 e passa percorsi da chi scrive nell'arco dei due anni spallettiani?...

Il Napoli in trasferta, poi, mi ha regalato bel gioco e vittorie, molte vittorie. Ora manca soltanto un piccolo passo per entrare di diritto nella storia azzurra: 1 solo punto per festeggiare il fatidico terzo scudetto.

Contro la Salernitana l'urlo del "Maradona" è rimasto strozzato in gola per un goal di Dia a una manciata di minuti dalla fine. A Salerno lo stanno ancora festeggiando, questo pari, neanche fosse servito a conquistare una Champions…

Qui, a Udine, sarà certamente diverso; è davvero l'ultimo chilometro: al Napoli, in sostanza, basta non perdere per avere dalla sua anche l'ultima alleata, che sola manca all'appello - la matematica, intendo.

Sulla sponda friulana il Napoli ritrova due vecchie conoscenze: Pierpaolo Marino, il grande artefice della rinascita sportiva di quel Napoli, che si ritrovò a ripartire dai bassifondi della serie C, e Andrea Carnevale, capo-*scouting* del club di Pozzo.

Comincia la partita. Dopo appena 13', l'Udinese passa con un euro-gol di Lovric. Per un attimo penso – e sono certo: non soltanto io - che sul Napoli incomba la sindrome dell'ultimo chilometro, quello decisivo, quello più faticoso, quello che può tagliarti le gambe, prima di raggiungere il traguardo. Ma è soltato un cattivo pensiero, mi dico, mentre il primo tempo finisce annotando poco o nulla sul taccuino.

Nella ripresa, la musica finalmente cambia: dopo il brivido di un raddoppio fortunatamente mancato dai friulani, il Napoli comincia a girare. Di Lorenzo confeziona un *assist,* al centro dell'area di rigore bianconero, per l'accorrente Kvaratskhelia: il georgiano tira quasi a botta sicura, Silvestri respinge, ma non può nulla quando Osimhen, ben piazzato, si avventa sul pallone e spinge la palla in rete. Esplode la "Dacia Arena" azzurra: per l'occasione, in collegamento diretto, ci sono anche i 50.000 del "Maradona". Milioni di tifosi sparsi per il mondo si uniscono in un solo urlo liberatorio: "Gooooooaaaaaaaaalllllll!…". È il goal che vale lo scudetto, finalmente.

L'emozione mi travolge: piango di gioia, guardando la curva napoletana sventolare fieramente le bandiere e cantare all'unisono "Siamo noi, siaaamo noooooi, i caaaaaampiooooooni dell'Itaaaliaaaaaaaa siaaaaaaamo nooooooooi!". Stento quasi a mantenermi lucido, per descrivere i minuti di recupero che restano da giocare, quando mi viene data la linea. "Sono gli ultimi istanti: il Napoli è a un passo dalla storia, ed è meraviglioso essere qui a poterla raccontare. Politano prova a innescare una ripartenza, ma attenzione... c'è un invasione di campo festosa... è finita!... è finita!... il Napoli è Campione d'Italia!... il Napoli, dopo 33 anni, è Campione d'Italia! Campione d'Italia! Campione d'Italia!...".

Piango, non riesco a trattenerle, le lacrime, di gioia: penso alla fortuna di essere qui, in questo momento. E penso a mio padre, che sarebbe stato tanto orgoglioso di me, quanto del Napoli appena laureatosi "Campione d'Italia".

Festa

È qui la festa? Sì!

Napoli-Fiorentina, come 36 anni prima: anche qui, immancabile ci afferra il *déjà-vu*. Nei colori azzurri, nei fumogeni, nelle bandiere, nelle lunghe code per entrare allo stadio. Dal 10 maggio 1987 al 7 maggio 2023: è come riavvolgere il nastro e partire dal punto in cui è iniziata la storia.

C'è la "viola" come avversario ma, questa volta, non c'è bisogno neppure di agguantare un pari: lo scudetto è già nostro. Il *match* sarà soltanto occasione per festeggiare, tutti insieme, allo stadio "Maradona", il traguardo finalmente raggiunto, al termine di una cavalcata esaltante. Cambiano soltanto i protagonisti, ma la storia è la stessa: del resto, le "maschere" di Osimhen vanno a ruba tanto quanto, all'epoca, le parrucche di Maradona.

La festa rovinata da una P.E.C.

La festa è in pieno svolgimento. Siamo giusto alla metà del mese, tra il giorno della conquista aritmetica dello scudetto e la data fissata per la consegna della Coppa dei Campioni d'Italia, il 4 giugno.

Il presente è vincente, il futuro può esserlo altrettanto: il ciclo spallettiano è stato appena aperto... Improvvisamente, però, sul più bello, cominciano ad aleggiano ombre sul futuro dell'allenatore: la sensazione è che potrebbe decidere di non accettare il rinnovo automatico già esercitato, giorni addietro, dalla società. Diventa, infatti, di dominio pubblico l'invio di una P.E.C. inviata, a tempo debito, da De Laurentiis all'attenzione del Mister di Certaldo, proprio per comunicargli formalmente la conferma del suo impiego sulla panchina azzurra anche per la prossima terza stagione. Il rapporto tra i due non è mai stato idilliaco; del resto, quale allenatore è riuscito a resistere sulla panchina del Napoli per tre anni? Mazzarri, Benitez, Ancelotti,

127

Gattuso: tutti sono rimasti per non più di due anni. (Unica eccezione Sarri, il quale, però, pure se ne andò in malo modo). Anche per Spalletti, così, sembra valere la sindrome del "secondo anno": si vocifera che il toscano, permaloso com'è, non abbia gradito la formalità di quella P.E.C. E che, pure, non abbia gradito certe critiche piovutegli addosso quando, nella sua prima stagione azzurra, si era trovato ad affrontare una crisi di risultati che, in poche giornate, compromise il campionato del Napoli: ci siamo già tornati su, in queste pagine, su quella sconfitta clamorosa che il Napoli subì in quel di Empoli, da 0-2 a 3-2 in pochi minuti. Forse, poi, pure l'eliminazione dalla Champions ad opera del Milan, in quel momento considerato sfavorito rispetto agli azzurri fino ad allora invincibili, e sui quali anche le agenzie di scommesse avevano difatti piazzato quote da indiscussa favorita, aveva fatto il resto. Come le stesse diatribe tra gli "ultras" e il Presidente, indice di un ambiente, tanto facile all'entusiasmo quanto alla contestazione. Chissà...

Da imprenditore avvezzo a trattare milioni di euro, in un *business* per di più come quello cinematografico, De Laurentiis è uomo che bada al sodo: onorare i contratti e far onorare i contratti sono pane quotidiano per lui (soprattutto i suoi contratti, stando a quel che se ne dice e come, del resto, confermano le "tarantelle" tra procuratori, calciatori, dirigenti stipendiati dal "patron azzurro", che puntualmente ne precedono la firma: pieni di postille e contro-postille...). E non si può certo biasimarlo, perciò, per l'invio di quella P.E.C. D'altra parte, nei confronti di un allenatore che sta per compiere l'impresa di riportare il tricolore alle pendici del Vesuvio, dopo ben 33 anni, forse, era il caso di adottare una modalità meno formale e più partecipata per invitarlo a restare.

Fatto è che Spalletti decide di lasciare la panchina azzurra: vuole prendersi un anno sabbatico. Una scelta da rispettare, che il tecnico toscano renderà pubblica in occasione della consegna del premio, a lui conferito, di "Allenatore dell'anno". De Laurentiis, parallelamente, si troverà, seduto nel salotto televisivo di Fabio Fazio, a commentarla: se un allenatore ti fa capire che per lui è arrivato il momento di andare via, non si può che lasciarlo libero, tanto più se a doverlo liberare è il Presidente del Napoli, "essendo io generoso…".

La squadra azzurra, intanto, ha da onorare le ultime uscite della stagione.

Dopo essere inciampato a Monza per 2-0, in una gara che poco aveva da dire se non per i brianzoli, il Napoli si rifà con gli interessi al "Maradona" contro l'Inter, nella sfida contro i prossimi finalisti della Champions League: nel 3-1 finale, troverà spazio anche lo "scugnizzo Gaetano", l'ultimo talento uscito dal settore giovanile, indicato da Spalletti stesso come un predestinato dal sicuro brillante futuro.

A Bologna, nel turno successivo, sfumerà per un soffio la possibilità di eguagliare il *record* dei 91 punti che il Napoli raggiunse sotto la guida del "Comandante" Sarri. A 5' dalla fine, De Silvestri firma il pari, recuperando il doppio svantaggio che il Napoli aveva inflitto alla sua squadra: pur vincendo l'ultima gara in casa contro la già retrocessa Sampdoria, nel giorno della consegna della Coppa, gli azzurri chiuderebbero il loro *score* a 90 punti.

La grande festa, tra gioia e lacrime

La festa d'addio, infine.
Un *mix* di emozioni; la grande gioia per avere riconquistato lo scudetto e la triste malinconia nel dover già salutare il condottiero della cavalcata azzurra verso lo scudetto: il "Maradona" è tutto per lui, per il Mister, per Luciano, che ha preso in mano una squadra appena rifondata portandola in cima, davanti a tutto e a tutti.

Certo, i meriti vanno condivisi con i giocatori, con il Presidente e con lo staff dirigenziale, tecnico e sportivo: in particolar modo, con il D.S. Cristiano Giuntoli, l'architetto dell'epurazione, prima e della ricostruzione, poi. Pare che anche lui, mentre scrivo, farà le valigie in direzione di Torino. Sarà davvero complicato per De Laurentiis, questa volta, scegliere qualcuno in grado di non far rimpiangere entrambi, e in grado di continuare, possibilmente, quel ciclo vincente che la vittoria del terzo scudetto sembra avere aperto.

Il Presidente, va detto, di colpi ne ha sbagliati pochi, ma sostituire l'allenatore campione d'Italia in carica, col Napoli che non vinceva da oltre trent'anni, sarà forse la scelta più difficile della lungimirante gestione targata De Laurentiis.

Il *casting*, mentre scrivo, è attualmente in corso: il numero degli allenatori contattati sale di giorno in giorno, di ora in ora. L'*identikit* giusto, il "patron" azzurro, lo ha fornito: è quello di qualcuno che possa mantenere il 4-3-3, lo schema che ha visto gli azzurri impartire lezioni di calcio, tanto in Italia quanto in Europa; qualcuno che non sia vincolato da contratti che prevedano penali per liberarsi; qualcuno che abbia, dalla sua, una certa esperienza; qualcuno, soprattutto, verso il quale possa scattare quel *feeling* istintivo che De Laurentiis cerca sempre di incontrare, al primo sguardo, negli occhi dei suoi futuri collaboratori (o, altrimenti detti, dipendenti). Alla squadra,

131

probabilmente, basteranno pochi mirati innesti: l'impresa sarà, più che altro, trattenere quei giovani il cui valore sul mercato, in seguito alla conquista dello scudetto, si è raddoppiato, quando non triplicato.

Ma, prima di darci alla girandola continua delle voci di mercato, c'è la grande festa, dicevamo, al "Maradona". La gara, chiaramente, conta poco, servendo soltanto alle statistiche: sarà un 2-0 comunque, firmato dal capocannoniere Osimhen e dal "Cholito" Simeone, il quale dedicherà il goal al suo più noto connazionale Maradona, chiudendo in bellezza il cerchio della stagione.

Poi arriva il momento della consegna della Coppa Scudetto, del giro di campo degli azzurri, delle lacrime di Quagliarella, nella sua ultima partita, forse, in serie A; e delle lacrime, soprattutto, di Luciano Spalletti, che lascerà Napoli e tutta la sua gente da vincitore, entrando di diritto nella leggenda degli uomini che hanno fatto la storia del club azzurro.

Si conclude una cavalcata mostruosa: il Napoli ha chiuso con 16 punti di vantaggio sulla seconda in classifica, la Lazio di Maurizio Sarri; ben 18 sull'Inter, finalista di Champions League e 20 dagli ormai ex-campioni d'Italia del Milan. In questi numeri c'è l'esatta dimensione dello strapotere azzurro, di una stagione difficilmente ripetibile. Il Napoli non ha avuto rivali.

È stato stupendo inseguirti, cara capolista, da inviato, attimo per attimo, partita dopo partita, stadio dopo stadio, stazione dopo stazione, fino all'ultimo respiro, e oltre.

Capitolo 10

Tabellini

Tabellino, 1ª giornata, 14 Agosto 2022

Verona – Napoli = 2-5

VERONA (3-5-2): Montipò, Amione (14' st Retsos), Günter, Dawidowicz, Faraoni, Tameze, Ilic, Hongla (22' st Barak), Lazović, Lasagna (27' st Đurić), Henry (14' st Piccoli). **A disp.:** Chiesa, Berardi, Magnani, Terracciano, Coppola, Cortinovis, Sulemana. **All.:** Cioffi

NAPOLI (4-3-3): Meret, Di Lorenzo, Rrahmani, Kim Min-Jae, Mario Rui (38' st Olivera), Anguissa, Lobotka, Zielinski (31' st Zerbin), Lozano (31' st Politano), Osimhen (38' st Ounas), Kvaratskhelia (23'). **A disp.:** Marfella, Sirigu, Demme, Juan Jesus, Østigård, Zanoli. **All.:** Spalletti.

ARBITRO: Fabbri.

MARCATORI: 29' pt Lasagna (V), 37' pt Kvaratskhelia (N), 48' pt Osimhen (N), 3' st Henry (V), 10' st Zielinski (N), 20' st Lobotka (N), 34' st Politano (N)

AMMONITI: Hongla, Amione (V), Osimhen, Kim (N)

Tabellino, 2ª giornata, 21 Agosto 2022

Napoli – Monza = 4-0

NAPOLI (4-3-3): Meret, Di Lorenzo, Kim Min-Jae, Rrahmani, Mario Rui (24' st Olivera), Anguissa, Lobotka (33' st Politano), Zielinski, Lozano (33' st Zerbin), Osimhen (39' st Ounas), Kvaratskhelia (24' st Elmas). A disp.: Marfella, Sirigu, Juan Jesus, Østigård, Zanoli, Raspadori, Ndombele. All.: Spalletti

MONZA (3-5-2): Di Gregorio, Marlon, Ranocchia A. (2' st Antov), Carboni, Birindelli (38' st Colpani), Ranocchia F. (13' st Valoti), Barberis, Sensi, D'Alessandro (1' st Molina), Caprari, Petagna (38' st Gytkjær). A disp.: Cragno, Sorrentino, Caldirola, Machin, Pessina, Marrone, Bondo, Vignato, Ciurria. All: Stroppa

ARBITRO: Fourneau

MARCATORI: 35' pt, 17' st Kvaratskhelia (N) 47' pt Osimhen (N) 48' st Kim (N)

AMMONITI: Mario Rui, Di Lorenzo (N) Caprari (M)

Tabellino 3ª giornata, 28 Agosto 2022

Fiorentina - Napoli = 0-0

FIORENTINA (4-3-3): Gollini, Dodo, Milenkovic, Quarta (24' st Igor), Biraghi (35' st Terzić), Barak, Amrabat, Bonaventura (24' st Maleh), Ikonè

(14' st Kouamè), Jović, Sottil (35' st Saponara). **A disp.:** Terracciano, Cerofolini, Cabral, Ranieri, Venuti, Benassi, Mandragora, Bianco, Nastasić. **All.:** Italiano

NAPOLI (4-3-3): Meret, Di Lorenzo, Rrahmani, Kim Min-Jae, Mario Rui, Anguissa, Lobotka, Zielinski (16' st Raspadori), Lozano (26' st Politano), Osimhen (33' st Simeone), Kvaratskhelia (16' st Elmas). **A disp.:** Marfella, Sirigu, Juan Jesus, Olivera, Zerbin, Østigård, Zanoli, Gaetano, Ndombele. **All.:**Spalletti

ARBITRO: Marinelli

AMMONITI: Quarta, Jović (F), Anguissa, Raspadori, Ndombele (N)

Tabellino, 4ª giornata, 31 Agosto 2022
Napoli – Lecce = 1-1

NAPOLI (4-2-3-1): Meret, Di Lorenzo, Østigård, Kim Min-Jae, Olivera, Anguissa (40' st Simeone), Ndombele (1' st Lobotka), Politano (27' st Lozano), Raspadori(1' st Zielinski), Elmas (11' st Kvaratskhelia), Osimhen. A disp.: Marfella, Sirigu, Juan Jesus, Mario Rui, Rrahmani, Zanoli, Gaetano, Zerbin. All.: Spalletti

LECCE (4-3-3): Falcone, Gendrey, Baschirotto, Tuia, Pezzella, Askildsen (17' st Blin), Hjulmand, Helgason (1'st Gonzalez), Di Francesco (17' st Strefezza), Colombo (25' st Ceesay), Banda (30' st Listowski). A disp.: Bleve, Samooja, Pongračić, Bistrović, Frabotta, Gallo, Umtiti, Rodriguez. All.: Baroni

ARBITRO: Marcenaro

MARCATORI: 27' pt Elmas (N), 31' pt Colombo (L)

AMMONITI: Politano (N), Hjulmand, Gonzalez, Gendrey (L)

Tabellino, 5ª giornata, 3 Settembre 2022
Lazio - Napoli = 1-2

LAZIO (4-3-3): Provedel, Lazzari (39' st Hysaj), Patric, Romagnoli, Marušić, Milinković-Savić, Cataldi (30' st Bašić), Luis Alberto (8' st Vecino), Felipe Anderson (39' st Cancellieri), Immobile, Zaccagni (8' st Pedro). A disp.: Luis Maximiano, Marcos Antonio, Casale, Kamenović, Romero, Radu, Adamonis, Gila, Bertini. All.: Sarri

NAPOLI (4-2-3-1): Meret, Di Lorenzo, Rrahmani, Kim Min-Jae, Mario Rui (45'+2' st Olivera), Anguissa, Lobotka (45'+2' st Ndombele), Lozano (45'+3' Politano), Zielinski (23' st Elmas), Kvaratskhelia (23' st Raspadori), Osimhen. A disp.: Juan Jesus, Marfella, Simeone, Zerbin, Sirigu, Østigård, Zanoli, Gaetano. All.: Spalletti

ARBITRO: Sozza

MARCATORI: 4' pt Zaccagni (L), 39' pt Kim (N), 17' st Kvaratskhelia (N)

AMMONITI: Milinković-Savić, Felipe Anderson, Cataldi, Marušić (L)

Tabellino, 1º Turno Fase a gironi Champions, 7 Settembre 2022

Napoli - Liverpool = 4-1

NAPOLI (4-3-3): Meret, Di Lorenzo, Rrahmani, Kim Min-Jae, Olivera (29' st Mario Rui), Anguissa, Lobotka, Zielinski (29' st Elmas), Politano (12' st Lozano), Osimhen (41' Simeone), Kvaratskhelia (12' st Zerbin). A disp.: Marfella, Sirigu, Østigård, Juan Jesus, Zanoli, Ndombele, Gaetano, Raspadori. All.: Spalletti

LIVERPOOL (4-3-3): Alisson, Alexander-Arnold, Gomez (1' st Matip), Van Dijk, Robertson, Elliott (32' st Arthur), Fabinho, Milner (17' st Thiago), Salah (17' st Jota), Firmino (17' st Nuñez), Diaz. A disp.: Adrian, Phillips, Tsimikas, Bajčetić, Davies. All.: Klopp

ARBITRO: Del Cerro Grande (Spagna)

MARCATORI: 5' pt rig. Zielinski (N), 31' pt Anguissa (N), 44' pt Simeone (N), 2' st Zielinski (N), 4' st Diaz (L)

AMMONITI: Rrahmani (N), Milner, Van Dijk (L)

Tabellino, 6ª giornata, 11 settembre 2022

Napoli - Spezia = 1-0

NAPOLI (4-3-3): Meret, Di Lorenzo, Rrahmani, Juan Jesus, Mario Rui, Anguissa (12' st Zielinski), Ndombele (1' st Lobotka), Elmas (30' st Gaetano), Politano (17' st Lozano), Raspadori, Kvaratskhelia (22' st Simeone). A disp.: Marfella, Sirigu, Kim Min-Jae, Olivera, Østigård, Zanoli, Zerbin. All.: Spalletti

SPEZIA (3-5-2): Dragowski, Ampadu (25' st Hristov), Kiwior, Nikolaou, Holm, Agudelo (36' st Sala), Bourabia (25' st Ellertsson), Bastoni (17' st Kovalenko), Reca, Gyasi, Nzola. A disp.: Zoet, Zovko, Caldara, Sher, Strelec, Beck, Sanca. All.: Gotti

ARBITRO: Santoro

MARCATORI: 44' st Raspadori (N)

AMMONITI: Elmas (N), Dragowski, Gyasi (S)

Tabellino, 2º Turno, Fase a gironi Champions, 14 Settembre 2022

Rangers - Napoli = 0-3

RANGERS (4-2-3-1): McGregor, Tavernier (37' st Kamara), Goldson, Sands, Barisic, Jack (18' st King), Lundstram, Arfield (27' st Matondo), Davis (37' st Tillman), Kent, Morelos (27' st Colak). A disp.: McLaughlin, McCrorie, Davies, Wright, Devine, Sakala, Yilmaz. All.: Van Bronckhorst

NAPOLI (4-3-3): Meret, Di Lorenzo, Rrahmani, Kim, Mario Rui (32' st Olivera), Anguissa, Lobotka, Zielinski (37' st Ndombele), Politano (32' st

Zerbin), Simeone (32' st Raspadori), Kvaratskhelia (45' st Elmas). A disp.: Marfella, Sirigu, Ostigard, Juan Jesus, Zanoli, Gaetano. All.: Spalletti
ARBITRO: Mateu Lahoz (Spagna)
MARCATORI: 23' st rig. Politano (N), 40' st Raspadori (N), 46' st Ndombele (N)
AMMONITI: Morelos, Lundstram, Sands, Barisic, Tavernier (R), Politano (N)
ESPULSI: Sands (R)

Tabellino, 7ª giornata, 18 Settembre 2022
Milan - Napoli = 1-2
MILAN (4-2-3-1): Maignan, Calabria (1' st Dest), Kjær (1' st Kalulu), Tomori, Hernandez, Bennacer, Tonali, Saelemaekers (21' st Messias), De Ketelaere (37' st Adli), Krunić (21' st Brahim Diaz), Giroud. A disp. Tătărusanu, Ballo, Bakayoko, Lazetić, Thiaw, Pobega, Vranckx, Gabbia, Mirante: All.: Pioli
NAPOLI (4-2-3-1): Meret, Di Lorenzo, Rrahmani, Kim Min-Jae, Mario Rui (45'+1 st Olivera), Anguissa, Lobotka, Politano (21' st Zerbin), Zielinski (42' st Elmas), Kvaratskhelia (42' st Ndombele), Raspadori (21' st Simeone). A disp.: Juan Jesus, Lozano, Marfella, Sirigu, Østigård, Zanoli, Gaetano. All.:Spalletti
ARBITRO: Mariani
MARCATORI: 10' st rig. Politano (N), 24' st Giroud (M), 33' st Simeone (N)
AMMONITI: Kjær, Calabria, Krunic, Tomori (M), Rrahmani, Simeone, Zerbin (N)

Tabellino, 8ª giornata, 2 Ottobre 2022
Napoli - Torino = 3-1
NAPOLI (4-3-3): Meret, Di Lorenzo, Rrahmani, Kim Min-Jae, Mario Rui (35' st Olivera), Anguissa, Lobotka, Zielinski (15' st Ndombele), Politano (23' st Lozano), Raspadori (15' st Simeone), Kvaratskhelia (35' st Elmas). A disp.: Sirigu, Marfella, Østigård, Juan Jesus, Zanoli, Zedacka, Demme, Zerbin. All.: Spalletti
TORINO (3-4-2-1): Milinković-Savić, Djidji, Buongiorno, Rodriguez (40' st Schuurs), Singo (40' st Karamoh), Lukić, Linetty (29' st Adopo), Lazaro (29' st Aina), Mirančuk (23' st Radonjic), Vlašić, Sanabria. A disp.: Berisha, Gemello, Bayeye, Zima, Garbett, Ilkhan, Edera. All.: Juric
Arbitro: Massimi
ARBITRO: 6' pt Anguissa (N), 12' pt Anguissa (N), 37' pt Kvaratskhelia (N), 44' pt Sanabria (T)
AMMONITI: Singo (T)

Tabellino, 3 ° Turno, Fase a gironi Champions, 4 Ottobre 2022

Ajax .- Napoli = 1-6

AJAX (4-3-3): Pasveer, Rensch (39' st Baas), Timber (35' st Grillitsch), Bassey, Blind, Berghuis (27' st Brobbey), Alvarez, Taylor (27' st Klaassen), Tadić, Kudus, Bergwijn. A disp: Stekelenburg, Wijndal, Ocampos, Gorter, Lucca, Regeer, Magallán, Conceição. All.: Schreuder

NAPOLI (4-2-3-1): Meret, Di Lorenzo (39' st Zanoli), Kim Min-Jae, Rrahmani, Olivera, Anguissa, Lobotka (35' st Gaetano), Lozano, Zielinski (1' st Ndombele), Kvaratskhelia (19' st Elmas), Raspadori (19' st Simeone). A disp. Juan Jesus, Mario Rui, Idasiak, Politano, Zerbin, Sirigu, Østigård. All.: Spalletti

ARBITRO: Letexier (Francia)

MARCATORI: 9' pt Kudus (A), 18' e 2' st Raspadori (N), 33' pt Di Lorenzo (N), 45' pt Zielinski (N), 18' st Kvaratskhelia (N), 36' st Simeone (N)

AMMONITI: Raspadori (N), Timber (A), Kudus (A)

ESPULSI: Tadić (A)

Tabellino, 9ª giornata, 9 ottobre 2022

Cremonese - Napoli = 1-4

CREMONESE (4-2-3-1): Radu, Sernicola, Bianchetti, Lochoshvili, Valeri (27' st Buonaiuto), Ascacibar (35' st Ciofani), Meité, Quagliata, Felix (17' st Escalante), Zanimacchia (1' st Okereke), Dessers (27' st Aiwu). A disp.: Carnesecchi, Saro, Vasquez, Pickel, Baez, Acella, Ndiaye, Milanese. All.: Alvini

NAPOLI (4-3-3): Meret, Di Lorenzo, Rrhamani (37' st Østigård), Kim Min-Jae, Mario Rui (37' st Olivera), Anguissa, Lobotka, Ndombele (12' st Simeone), Politano (27' st Lozano), Raspadori (27' st Zielinski), Kvaratskhelia. A disp.: Marfella, Sirigu, Jesus, Zanoli, Zedadka, Demme, Gaetano, Elmas, Zerbin. All.: Spalletti

ARBITRO: Abisso

MARCATORI: 26' pt rig. Politano (N), 2' st Dessers (C), 31' st Simeone (N), 48' st Lozano (N), 50' st Olivera (N)

AMMONITI: Zanimacchia (C)

Tabellino, 4° Turno, Fase a gironi Champions, 16 Ottobre 2022

Napoli - Ajax = 4-2

NAPOLI (4-3-3): Meret, Di Lorenzo, Kim Min-Jae, Juan Jesus, Olivera, Anguissa (5' st Ndombele), Lobotka, Zielinski (43' st Gaetano), Lozano (32' st Politano), Raspadori (5' Osimhen), Kvaratskhelia (32' st Elmas). A disp.:

Idasiak, Sirigu, Mario Rui, Simeone, Zerbin, Østigård, Zanoli. All.: Spalletti
AJAX (4-3-3): Pasveer, Sanchez (20' st Baas), Timber, Blind, Bassey, Klaassen, Alvarez, Taylor (20' st Grillitsch), Berghuis (39' st Conceição), Kudus (20' st Brobbey), Bergwijn (39' st Ocampos). A disp.: Stekelenburg, Gorter, Wijndal, Lucca, Rogeer, Magallán. All.: Schreuder
ARBITRO: Zwayer (Germania)
MARCATORI: 4' pt Lozano (N), 16' pt Raspadori (N), 5' st Klaassen (A), 17' st rig. Kvaratskhelia (N), 38' st rig. Bergwijn (A), 45' st Osimhen (N)
AMMONITI: Juan Jesus, Osimhen, Politano (N), Taylor, Sanchez, Bassey (A)

Tabellino, 10ª giornata, 16 ottobre 2022
Napoli - Bologna = 3-2
NAPOLI (4-3-3): Meret, Di Lorenzo, Kim Min-Jae, Juan Jesus, Mario Rui (31' st Olivera), Ndombele (25' st Elmas), Lobotka (37' st Demme), Zielinski, Politano (1' st Lozano), Raspadori (1' st Osimhen), Kvaratskhelia. A disp.: Marfella, Sirigu, Demme, Gaetano, Østigård, Simeone, Zanoli, Zedadka, Zerbin. All.: Spalletti
BOLOGNA (4-2-3-1): Skorupski, Posch (32' st Lykogiannis), Bonifazi, Lucumì, Cambiaso (44' st De Silvestri), Medel (25' st Moro), Ferguson, Aebischer (32' st Sansone), Dominguez, Barrow, Zirkzee. A disp.: Bardi, Orsolini, Raffaelli, Raimondo, Soriano, Sosa, Soumaoro. All.: Motta
ARBITRO: Cosso
MARCATORI: 41' pt Zirkzee (B), 45' pt Juan Jesus (N), 4' st Lozano (N), 6' st Barrow (B), 24' st Osimhen (N)
AMMONITI: Dominguez, Skorupski, Sansone (B), Lykogiannis (B)

Tabellino, 11ª giornata, 23 Ottobre 2022
Roma - Napoli = 0-1
ROMA (3-4-2-1): Rui Patricio, Mancini (37' st El Shaarawy), Smalling, Ibanez, Karsdorp (37' st Viña), Cristante, Camara 6 (37' st Matić), Spinazzola (39' st Shomurodov), Zaniolo, Pellegrini, Abraham (19' st Belotti). A disp.: Boer, Svilar, Kumbulla, Bove, Volpato, Tripi, Tahirović. All.: Mourinho
NAPOLI (4-3-3): Meret, Di Lorenzo, Kim Min-Jae, Juan Jesus, Olivera, Ndombele (12' st Elmas), Lobotka, Zielinski (30' st Gaetano), Lozano (30' st Politano), Osimhen, Kvaratskhelia. A disp.: Marfella, Idasiak, Demme, Mario Rui, Simeone, Zerbin, Zedadka, Østigård, Zanoli, Raspadori. All.: Spalletti
ARBITRO: Irrati
MARCATORI: 35' st Osimhen (N)
AMMONITI: Smalling (R), Lozano (N), Ndombele (N), Cristante (R), Ibanez (R), Olivera (N), Lobotka (N)

Tabellino, 5º Turno, Fase a gironi Champions, 26 Ottobre 2022
Napoli – Rangers = 3-0
NAPOLI (4-3-3): Meret, Di Lorenzo (41' st Zanoli), Østigård, Kim, Mario Rui, Ndombele, Lobotka (39' st Zielinski), Elmas (28' st Gaetano), Politano (28' st Lozano), Simeone, Raspadori (39' st Zerbin). A disp.: Idasiak, Boffelli, Juan Jesus, Osimhen, Olivera, Kvaratskhelia, Anguissa. All.: Spalletti
RANGERS (4-2-3-1): McGregor, Tavernier, King (31' st Barisic), Davies, Yılmaz, Lundstram, Sands, Wright (1' st Sakala), Tillmann (22' st Arfield), Kent, Morelos (22' st Čolak). A disp.: McCrocie, McLaughlin, Davis, Matondo, Devine, Lowry, Allan. All.: Bronckhorst
ARBITRO: Meler (Turchia)
MARCATORI: 11' pt Simeone (N), 16' pt Simeone (N), 30' st Østigård (N)
AMMONITI: Mario Rui, Kim Min-Jae (N), Davies, Lundstram (R)

Tabellino, 12ª giornata, 30 ottobre 2022
Napoli - Sassuolo = 3-0
NAPOLI (4-3-3): Meret, Di Lorenzo (34' st Zanoli), Kim Min-Jae, Juan Jesus, Mario Rui, Anguissa (11' st Ndombele), Lobotka (34' st Demme), Zielinski (11' st Elmas), Lozano, Osimhen, Kvaratskhelia (26' st Raspadori). A disp.: Idasiak, Marfella, Olivera, Østigård, Zedadka, Gaetano, Zerbin, Politano, Simeone. All.: Spalletti
SASSUOLO (4-3-3): Consigli, Toljan, Erlic, Ferrari, Rogerio, Frattesi (41' st Harroui), Lopez (39' st Obiang), ThorsTvedt (20' st Henrique), Ceide (1' st Traorè), Pinamonti (20' st Alvarez), Laurientè. A disp.: Pegolo, Zacchi, Marchizza, Ayhan, Antiste, Romagna, D'Andrea, Tressoldi, Kyriakopoulos. All.: Dionisi
ARBITRO: Rapuano
MARCATORI: 4' pt Osimhen (N), 19' pt Osimhen (N), 36' pt Kvaratskhelia (N), 32' st Osimhen (N)
AMMONITI: Lopez (S)
ESPULSI: Laurientè (S)

Tabellino, 6º Turno, Fase a gironi Champions, 1 Novembre 2022
Liverpool - Napoli = 2-0
LIVERPOOL (4-3-3): Alisson, Alexander Arnold (42' st Ramsay), Van Dijk, Konatè, Tsimikas, Thiago Alcantara (42' st Bajčetić), Fabinho, Milner (3' st Elliott), Salah, Firmino (42' st Carvalho), Jones (28' st Nuñez). A disp.: Adrian, Kelleher, Gomez, Robertson, Phillips. All.: Klopp

NAPOLI (4-3-3): Meret, Di Lorenzo, Østigård, Kim Min-Jae, Olivera, Anguissa, Lobotka (38' st Zielinski), Ndombele (43' st Raspadori), Politano (25' st Lozano), Osimhen, Kvaratskhelia (38' st Elmas). A disp.: Idasiak, Sirigu, Juan Jesus, Mario Rui, Simeone, Zerbin, Zanoli, Gaetano. All.: Spalletti
ARBITRO: Stieler (Germania)
MARCATORI: 40' st Salah (L), 53' st Nuñez (L)
AMMONITI: Konatè, Alexander Arnold, Nuñez (L)

Tabellino, 13ª giornata, 6 novembre 2022
Atalanta - Napoli = 1-2
ATALANTA (3-4-1-2): Musso, Toloi, Demiral, Scalvini, Hateboer (41' st Soppy), Ederson, Koopmeiners (35' st De Roon), Maehle, Pašalić (25' st Malinovs'kyi), Lookman (35' st Boga), Højlund (25' st Zapata). A disp.: Rossi, Sportiello, Okoli, Djimsiti, Zortea, Ruggeri. All.: Gasperini
NAPOLI (4-3-3): Meret, Di Lorenzo, Kim Min-Jae, Juan Jesus, Olivera, Anguissa (48' st Gaetano), Lobotka, Zielinski (19' st Politano), Lozano (19' st Ndombele), Osimhen (30' st Simeone), Elmas (48' st Zerbin). A disp.: Marfella, Sirigu, Mario Rui, Østigård, Zanoli, Zedadka, Demme, Raspadori. All.: Spalletti
ARBITRO: Mariani
MARCATORI: 19' pt rig. Lookman (A), 23' pt Osimhen (N), 35' st Elmas (N)
AMMONITI: Demiral, Højlund, Zapata, Toloi (A), Kim (N)

Tabellino, 14ª giornata, 9 novembre 2022
Napoli - Empoli = 2-0
NAPOLI (4-3-3): Meret, Di Lorenzo, Østigård, Kim Min-Jae, Mario Rui, Anguissa, Lobotka (45' st Demme), Ndombele (19' st Elmas), Politano (19' st Zielinski), Osimhen (45' st Simeone), Raspadori (19' st Lozano). A disp.: Idasiak, Marfella, Juan Jesus, Olivera, Zanoli, Zedadka, Zerbin, Gaetano. All.: Spalletti
EMPOLI (4-3-2-1): Vicario, Stojanović, Ismajli, Luperto, Parisi, Haas (14' st Akpa Akpro), Marin (40' st Ekong), Bandinelli (28' st Henderson), Baldanzi (28' st Grassi), Bajrami, Satriano (14' st Lammers). A disp.: Perisan, Ujkani, Cacace, Walukiewicz, Ebuehi, Guarino, Degli Innocenti, Fazzini, Cambiaghi, Pjaca. All.: Zanetti
ARBITORO: Pairetto
MARCATORI: 24' st rig. Lozano (N), 43' st Zielinski (N)
AMMONITI: Ostigard (N), Bandinelli, Satriano, Parisi (E)
ESPULSI: Luperto (E)

Tabellino, 15ª giornata, 13 novembre 2022
Napoli - Udinese = 3-2

NAPOLI (4-3-3): Meret, Di Lorenzo, Kim Min-Jae, Juan Jesus (15' st Østigård), Olivera, Anguissa, Lobotka, Zielinski (22' st Ndombele), Lozano (15' st Politano), Osimhen, Elmas. A disp., Marfella, Idasiak, Demme, Mario Rui, Simeone, Zerbin, Zedadka, Zanoli, Gaetano, Raspadori. All.: Spalletti

UDINESE (3-5-2): Silvestri, Perez, Bijol, Ebosse, Ehizibue, Lovric, Walace (26' st Jajalo), Arslan (11' st Samardžić), Pereyra, Deulofeu (25' Success), Beto (26' st Nestorovski). A disp.: Padelli, Piana, Ebosele, Jajalo, Abankwah, Nestorovski, Guessand, Pafundi. All.: Sottil

ARBITRO: Ayroldi

MARCATORI: 15' pt Osimhen (N), 31' pt Zielinski (N), 13' st Elmas (N), 34' st Nestorovski (U), 37' st Samardžić (U)

AMMONITI: Juan Jesus, Mario Rui (N), Walace, Pereyra, Ebosse (U)

Tabellino, 16ª giornata, 4 Gennaio 2023
Inter – Napoli = 1-0

INTER (3-5-2) Onana, Skriniar, Acerbi, Bastoni, Darmian (dal 31' s.t. Dumfries), Barella, Çalhanoğlu, Mkhitaryan (dal 38' s.t. Gagliardini), Dimarco (dal 19' s.t. Gosens), Lukaku (dal 19' s.t. Lautaro), Dzeko (dal 31' s.t. Correa). A disp: Handanovič, De Vrij, Bellanova, Asllani, Cordaz, D'Ambrosio, Carboni, Zanotti. All.: Inzaghi

NAPOLI (4-3-3) Meret, Di Lorenzo, Kim Min-Jae, Rrhamani, Olivera, Anguissa (dal 31' s.t. Ndombele), Lobotka (dal 39' s.t. Simeone), Zielinski (dal 20' s.t. Raspadori), Politano (dal 20' s.t. Lozano), Osimhen, Kvaratskhelia (dal 31' s.t. Elmas). A disp.: Juan Jesus, Mario Rui, Zerbin, Sirigu, Zedadka, Østigård, Zanoli. All.: Spalletti

ARBITRO: Sozza

MARCATORI: 11' st Dzeko (I)

AMMONITI: Dzeko, Barella, Dumfries (I), Kim Min-Jae (N)

Tabellino, 17ª giornata, 8 Gennaio 2023
Sampdoria - Napoli = 0-2

SAMPDORIA (3-4-1-2): Audero, Murillo (1' st Zanoli), Nuytinck, Murru, Leris, Vieira (38' Paoletti), Rincon, Augello, Verre (9' st Villar), Gabbiadini (1' st Djuričić), Lammers (38' st Montevago). A disp.: Winks, Contini, Yepes, Ravaglia, Villa, Trimboli. All.: Stanković

NAPOLI (4-3-3): Meret, Di Lorenzo, Kim Min-Jae (1' st Rrahmani), Juan Jesus, Mario Rui, Anguissa (21' st Ndombele), Lobotka, Elmas (42' st Raspadori), Politano (18' st Lozano), Osimhen, Kvaratskhelia (18' st Zielinski). A disp.: Demme, Marfella, Olivera, Simeone, Bereszynski,

142

Zerbin, Sirigu, Zedadka, Østigård, Gaetano. All.: Spalletti
ARBITRO: Abisso
MARCATORI: 19' pt Osimhen (N), 36' st rig. Elmas (N)
AMMONITI: Murru, Murillo, Leris (S), Juan Jesus, Anguissa (N)
ESPULSI: Rincon (S)

Tabellino, 18ª giornata, 13 Gennaio 2023

Napoli - Juventus = 5-1

NAPOLI (4-3-3): Meret, Di Lorenzo, Rrahmani, Kim Min-Jae, Mario Rui (25' st Olivera), Anguissa, Lobotka, Zielinski (34' st Ndombele), Politano (1' st Elmas), Osimhen (34' st Raspadori), Kvaratskhelia (44' st Lozano). A disp.: Marfella, Sirigu, Juan Jesus, Bereszynski, Østigård, Demme, Zedadka, Simeone, Zerbin, Gaetano. All.: Spalletti
JUVENTUS (3-5-2): Szcz☐sny, Danilo (28' st Iling), Bremer, Alex Sandro, Chiesa, McKennie, Locatelli (13' st Paredes), Rabiot (38' st Soulé), Kostić, Di Maria (28' st Miretti), Milik (13' st Kean). A disp.: Pinsoglio, Perin, Gatti, Rugani, Fagioli. All.: Allegri
ARBITRO: Doveri
MARCATORI: 14' pt Osimhen (N), 39' pt Kvaratskhelia (N), 42' pt Di Maria (J), 10' st Rrahmani (N), 20' st Osimhen (N), 27' st Elmas (N)
AMMONITI: Danilo (J)

Tabellino, Ottavi di Finale Coppa Italia, 17 Gebbraio 2023

Napoli – Cremonese = 6-7 d.c.r.

NAPOLI (4-3-3): Meret, Bereszynski, Østigård (37' st Kim Min-Jae), Juan Jesus, Olivera, Ndombele (12' st Osimhen), Gaetano (19' st Lobotka), Elmas (40' st Zielinski), Raspadori (19' st Anguissa), Zerbin (19' st Politano), A disp.: Mario Rui, Marfella, Rrahmani, Di Lorenzo, Sirigu, Zedadka. All: Spalletti
CREMONESE (3-5-2): Carnesecchi, Vasquez, Bianchetti, Hendry (37' st Zanimacchia) Quagliata (26' st Valeri), Meité, Castagnetti (20' st Buonaiuto), Pickel, Sernicola, Ciofani (20' st Afena Gyan), Okereke (20' st Tsadjout). A disp.: Saro, Sarr, Milanese. All.: Ballardini
ARBITRO: Ferrieri Caputi
MARCATORI: 18' pt Pickel (C), 33' pt Juan Jesus (N), 36' pt Simeone (N), 42' st Zanimacchia (C) . RIGORI: 1) Politano (N) goal, 2) Vasquez (C) goal, 3) Simeone (N) goal, 4) Buonaiuto (C) goal, 5) Zielinski (N) goal, 6) Tsadjout (C) goal, 7) Lobotka (N) fuori, 9) Valeri (C) goal, 10) Osimhen (N) goal, 11) Afena Gyan (C) goal.
AMMONITI: Vasquez, Okereke, Meité, Valeri ©, Zerbin, Juan Jesus (N)

Tabellino, 19ª giornata, 21 Gennaio 2023

Salernitana - Napoli = 0-2

SALERNITANA (3-5-2): Ochoa, Daniliuc (40' st Sambia), Gyomber (16' Lovato), Pirola, Candreva, Coulibaly, Nicolussi Caviglia, Vilhena (28' st Valencia), Bradarić, Dia (40' st Bonazzoli), Piatek. A disp.: Sambia, Bonazzoli, Valencia, Lovato, Fiorillo, Bohinen, Kastanos, Capezzi, Sepe, Iervolino. All.: Nicola

NAPOLI (4-3-3): Meret, Di Lorenzo, Rrahmani, Kim Min-Jae, Mario Rui, Anguissa, Lobotka, Zielinski (41' st Ndombele), Lozano (41' st Politano), Osimhen (44' st Simeone), Elmas. A disp.: Demme, Marfella, Olivera. Bereszynski, Zerbin, Sirigu, Østigård, Zedadka, Gaetano, Raspadori. All.: Spalletti

Arbitro: Chiffi

Marcatori: 48' pt Di Lorenzo (N), 3' st Osimhen (N)

Ammoniti: Kim, Ndombele (N), Bradarić, Pirola (S)

Tabellino, 20ª giornata, 29 Gennaio 2023

Napoli - Roma = 2-1

NAPOLI (4-3-3): Meret, Di Lorenzo, Kim Min-Jae, Rrahmani, Mario Rui (23' st Olivera), Anguissa, Lobotka, Zielinski (45' pt Ndombele), Lozano (31' st Simeone), Osimhen (31' st Raspadori), Kvaratskhelia (23' st Elmas). A disp.: Demme, Juan Jesus, Marfella, Bereszynski, Politano, Zerbin, Zedadka, Østigård, Gaetano, Gollini. All.: Spalletti

ROMA (3-4-2-1): Rui Patricio, Mancini, Smalling, Ibañez, Zalewski, Cristante (44' st Volpato), Matić (38' st Tahirović), Spinazzola (1' st El Shaarawy), Pellegrini (38' st Bove), Dybala, Abraham (28' st Belotti). A disp.: Solbakken, Camara, Kumbulla, Boer, Svilar. All.: Mourinho

ARBITRO: Orsato

MARCATORI: 17' pt Osimhen (N), 30' st El Shaarawy (R), 41' st Simeone (N)

AMMONITI: Dybala, El Shaarawy (R), Osimhen (N)

Tabellino, 21ª giornata, 5 Febbraio 2023

Spezia - Napoli = 0-3

SPEZIA (3-5-2): Dragowski, Ampadu, Caldara (31' st Maldini), Nikolaou, Amian, Bourabia, Esposito (41' st Wisniewski), Agudelo, Reca, Verde (31' st Cipot), Shomurodov (31' st Krollis). A disp.: Marchetti, Zovko, Holm, Ferrer, Beck, Candelari, Giorgeschi, Pedicillo. All.: Gotti

NAPOLI (4-3-3): Meret, Di Lorenzo, Rrahmani, Kim Min-Jae, Mario Rui (29' st Olivera), Anguissa, Lobotka, Zielinski (17' st Elmas), Lozano (1' st Politano), Osimhen (37' st Simeone), Kvaratskhelia (29' st Ndombele). A disp.: Marfella, Gollini, Juan Jesus, Bereszynski, Østigård, Demme, Zedadka,

144

Zerbin, Gaetano, Raspadori. All: Spalletti
ARBITRO: Di Bello
MARCATORI: 2' st rig. Kvaratskhelia (N), 24' st Osimhen (N), 28' st Osimhen (N)
AMMONITI: Ampadu, Caldara, Reca (S), Lozano, Zielinski (N)

Tabellino, 22ª giornata, 12 Febbraio 2023
Napoli – Cremonese = 3-0
CREMONESE (3-5-2): Carnesecchi, Ferrari (1' st Valeri), Chiriches, Aiwu, Sernicola, Meité (31' st Acella), Pickel (15' st Castagnetti), Benassi, Vasquez (23' st Ghiglione), Afena Gyan, Tsadjout (16' st Ciofani). A disp.: Saro, Galdames, Sarr. All.: Ballardini
NAPOLI (4-3-3): Meret, Di Lorenzo, Rrahmani, Kim Min-Jae, Mario Rui (25' st Olivera), Anguissa, Lobotka (41' st Demme), Zielinski (25' st Elmas), Lozano (38' st Ndombele), Osimhen, Kvaratskhelia (38' st Raspadori). A disp.: Marfella, Gollini, Juan Jesus, Bereszynski, Østigård, Zedadka, Zerbin, Gaetano, Raspadori. All: Spalletti
ARBITRO: Massimi
MARCATORI: 13' pt Kvaratskhelia (N), 20' Osimhen (N), 35' st Elmas (N)
AMMONITI: Vasquez, Aiwu (C)

Tabellino, 23ª giornata, 17 Febbraio 2023
Sassuolo - Napoli = 0-2
SASSUOLO (4-3-3): Consigli, Zortea, Erlic, Ruan, Rogerio, Frattesi (40' st Alvarez), Lopez (40' st Obiang), Henrique (33' st Ceide), Bajrami (33' st Thorstvedt), Defrel (12' st Pinamonti), Laurienté. A disp.: Pegolo, Russo, Marchizza, Ferrari, Muldur, Harroui, Berardi, D'andrea. All.: Dionisi
NAPOLI (4-3-3): Meret, Di Lorenzo, Rrahmani, Kim Min-Jae, Olivera, Anguissa (33' st Ndombele), Lobotka, Elmas (39' st Zerbin), Politano (13' st Zielinski), Osimhen (39' st Simeone), Kvaratskhelia (33' st Lozano). A disp.: Gollini, Marfella, Juan Jesus, Mario Rui, Bereszynski, Østigård, Demme, Zedadka, Gaetano. All.: Spalletti
ARBITRO: Colombo
Marcatori: 12' pt Kvaratskhelia (N), 33' pt Osimhen (N)
AMMONITI: Laurienté, Lopez (S), Elmas, Zielinski (N)

Tabellino, Andata Ottavi di Finale Champions, 21 Febbraio 2023
Eintracht - Napoli = 0-2
EINTRACHT (3-4-2-1): Trapp, Ndicka, Jakić, Tuta, Buta (24' st Knauff), Sow, Kamada, Max (47' st Lenz), Lindstrøm (24' st Borré), Gotze (36' st Alidou), Kolo Muani. A disp.: Ramaj, Smolčić, Rode, Touré, Hasebe, Alario, Chandler. All.: Glasner

NAPOLI (4-3-3): Meret, Di Lorenzo, Rrahmani, Kim Min-Jae, Olivera, Anguissa (34' st Ndombele), Lobotka, Zielinski, Lozano (34' st Elmas), Osimhen (39' st Simeone), Kvaratskhelia (39' st Politano). A disp.: Gollini, Idasiak, Juan Jesus, Mario Rui, Bereszynski, Østigård, Gaetano. All.: Spalletti
ARBITRO: Artur Dias (Portogallo)
MARCATORI: 40' pt Osimhen (N), 20' st Di Lorenzo (N)
AMMONITI: Gotze (E), Kim Min-Jae (N)
ESPULSI: Kolo Muani (E)

Tabellino, 24ª giornata, 25 Febbraio 2023
Empoli - Napoli = 0-2
EMPOLI (4-3-1-2): Vicario, Ebuehi (23' st Stojanović), Ismajli, Luperto, Parisi, Haas (31' st Vignato), Marin, Henderson (12' st Grassi), Baldanzi, Satriano (31' st Pjaca), Piccoli (12' st Caputo). A disp.: Ujkani, Perisan, De Winter, Stojanović, Cacace, Walukiewicz, Fazzini. All.: Zanetti
NAPOLI (4-3-3): Meret, Di Lorenzo, Rrahmani, Kim Min-Jae, Mario Rui, Anguissa (47' st Ndombele), Lobotka, Zielinski (47' st Gaetano), Lozano (25' st Olivera), Osimhen (39' st Simeone), Kvaratskhelia (25' st Elmas). A disp.: Gollini, Marfella, Bereszyinski, Juan Jesus, Olivera, Østigård, Demme, Politano, Zerbin. All.: Spalletti
ARBITRO: Ayroldi
MARCATORI: 17' pt aut. Ismajli (E), 28' pt Osimhen (N)
AMMONITI: Henderson, Grassi (E), Lozano (N)
ESPULSI: Mario Rui (N)

Tabellino, 25ª giornata, 3 Marzo 2023
Napoli - Lazio = 0-1
NAPOLI (4-3-3): Meret, Di Lorenzo, Rrahmani, Kim Min-Jae, Olivera (49' st Zedadka), Anguissa (26' st Elmas), Lobotka (39' st Ndombele), Zielinski (39' st Simeone), Lozano (26' st Politano), Osimhen, Kvaratskhelia. A disp.: Marfelli, Gollini, Juan Jesus, Bereszynski, Ostigard, Demme, Zerbin, Gaetano. All.: Spalletti
LAZIO (4-3-3): Provedel, Marušić, Patric, Romagnoli, Hysaj, Milinković-Savić, Vecino, Luis Alberto (43' st Cataldi), Felipe Anderson (14' st Pedro), Immobile, Zaccagni (39' st Cancellieri). A disp.: Luis Maximiano, Adamonis, Pellegrini, Radu, Gila, Marcos Antonio, Romero, Lazzari, Bašić, Fares. All.: Sarri
ARBITRO: Pairetto
MARCATORI: 22' st Vecino (L)
AMMONITI: Osimhen, Elmas (N), Patric, Marušić (L)

Tabellino, 26ª giornata, 11 Marzo 2023
Napoli - Atalanta = 2-0

NAPOLI (4-3-3): Gollini, Di Lorenzo, Rrahmani, Kim Min-Jae (31' st Juan Jesus), Olivera, Anguissa, Lobotka, Zielinski (21' st Ndombele), Politano (21' st Elmas), Osimhen (40' st Simeone), Kvaratskhelia (40' st Zerbin). A disp.: Marfella, Idasiak, Demme, Bereszynski, Zedadka, Østigård, Gaetano. All.: Spalletti

ATALANTA (3-4-1-2): Musso, Toloi (44' st Lookman), Djimsiti (44' Demiral), Scalvini, Mæhle (23' st Zappacosta), De Roon, Ederson, Ruggeri, Pašalić (23' st Boga), Højlund (1' st Muriel), Zapata. A disp.: Rossi, Sportiello, Okoli, Palomino, Soppy. All.: Gasperini

ARBITRO: Colombo

MARCATORI: 15' st Kvaratskhelia (N), 32' st Rrahmani (N)

AMMONITI: Ruggeri, Scalvini (A), Osimhen (N)

Tabellino, Ritorno Ottavi di Finale Champions, 15 Marzo 2023
Napoli - Eintracht Francoforte = 3-0

NAPOLI (4-3-3): Meret, Di Lorenzo, Rrahmani, Kim Min-Jae (21' st Juan Jesus), Mario Rui, Anguissa, Lobotka, Zielinski (29' st Ndombele), Politano (22' st Lozano), Osimhen (36' st Simeone), Kvaratskhelia (29' st Elmas). A disp.: Gollini, Idasiak, Bereszynski, Olivera, Østigård, Gaetano. All.: Spalletti

EINTRACHT (3-4-2-1): Trapp, Buta, Tuta, Ndicka, Lenz (22' st Max), Knauff (17' st Alidou), Rode (29' st Jakić), Sow, Kamada, Gotze, Borré. A disp.: Ramaj, Smolčić, Touré, Hasebe, Alario, Chandler. All.: Glasner

ARBITRO: Taylor (Inghilterra)

MARCATORI: 47' pt e 8' st Osimhen (N), 19' st rig. Zielinski (N)

AMMONITI: Ndicka, Lenz, Gotze (E), Juan Jesus (N)

Tabellino, 27ª giornata, 19 Marzo 2023
Torino - Napoli = 0-4

TORINO (3-4-2-1): Milinković-Savić, Gravillon (9' st Djidji), Schuurs, Rodriguez, Singo (30' st Ola Aina), Ricci, Linetty (9' st Ilic), Vojvoda (9' st Buongiorno), Vlašić (40' st Seck), Radonjic, Sanabria. A disp.: Fiorenza, Gemello, Bayeye, Pellegri, Adopo, Gineitis, N'Guessan. All.: Juric

NAPOLI (4-3-3): Meret, Di Lorenzo, Rrahmani (27' st Østigård), Kim, Olivera, Anguissa, Lobotka (40' st Gaetano), Zielinski (20' st Ndombele), Lozano (20' st Elmas), Osimhen (27' st Simeone), Kvaratskhelia. A disp.: Idasiak, Gollini, Juan Jesus, Mario Rui, Bereszynski, Politano, Zerbin, Zedadka. All.: Spalletti

ARBITRO: Marchetti

MARCATORI: 9' pt, 6' st Osimhen (N), 35' rig. Kvaratskhelia (N),

23' st Ndombele (N)
AMMONITI: Gravillon (T), Ndombele (N)

Tabellino, 28ª giornata, 2 Aprile 2023
Napoli - Milan = 0-4

NAPOLI (4-3-3): Meret, Di Lorenzo, Rrahmani, Kim Min-Jae (36' st Juan Jesus), Mario Rui, Anguissa, Lobotka (23' st Ndombele), Zielinski (23' st Elmas), Politano (23' st Lozano), Simeone (31' st Raspadori), Kvaratskhelia. A disp.: Gollini, Marfella, Østigård, Demme, Gaetano, Zedadka, Zerbin. All.: Spalletti

MILAN (4-2-3-1): Maignan, Calabria, Kjær, Tomori, Theo Hernandez, Bennacer (37' st Bakayoko), Tonali, Brahim Diaz (12' st Saelemaekers), Krunić (37' st De Ketelaere), Leao (29' st Rebić), Giroud (29' st Origi). A disp.: Mirante, Tătărusanu, Ballo-Touré, Florenzi, Gabbia, Thiaw, Adli, Pobega, Vranckx. All.: Pioli

ARBITRO: Rapuano

MARCATORI: 17' pt, 14' st Leao (M), 25' Brahim Diaz (M), 22' st Saelemaekers (M)

AMMONITI: Giroud, Krunić (M), Lobotka (N)

Tabellino, 29ª giornata, 7 Aprile 2023
Lecce - Napoli = 1-2

LECCE (4-3-3): Falcone, Gendrey, Baschirotto, Umtiti, Gallo, Gonzalez (26' st Helgason), Hjulmand, Maleh (35' st Askildsen), Oudin (35' st Strefezza), Ceesay (35' st Voelkerling), Di Francesco (43' st Banda). A disp.: Bleve, Brancolini, Cassandro, Ceccaroni, Colombo, Lemmens, Pezzella, Romagnoli, Tuia. All.: Baroni

NAPOLI (4-3-3): Meret, Di Lorenzo, Rrahmani, Kim Min-Jae Mario Rui (49' st Olivera), Anguissa, Lobotka, Elmas, Lozano (21' st Ndombele), Raspadori (21' st Simeone, 38' st Politano), Kvaratskhelia (49' st Zerbin). A disp.: Gollini, Marfella, Bereszynski, Juan Jesus, Østigård, Zedadka, Demme, Gaetano, Zielinski. All.: Spalletti

ARBITRO: Manganiello

MARCATORI: 18' Di Lorenzo (N), 7' st Di Francesco (L), 19' st aut. Gallo (N)

AMMONITI: Gendrey, Umtiti (L), Ndombele (N)

Tabellino, Andata Quarti di Finale Chiampions, 12 Aprile 2023
Milan - Napoli = 1-0

MILAN (4-2-3-1): Maignan, Calabria, Kjær, Tomori, Theo Hernandez,

148

Tonali, Krunić, Brahim Diaz (35' st Rebić), Bennacer (22' st Saelemaekers), Leao, Giroud. A disp.: Mirante, Ballo-Touré, Kalulu, Florenzi, Origi, Thiaw, Messias, Pobega, Gabbia, De Ketelaere. All.: Pioli
NAPOLI (4-3-3): Meret, Di Lorenzo, Rrahmani, Kim Min-Jae, Mario Rui (36' st Olivera), Anguissa, Lobotka, Zielinski (35' st Ndombele), Lozano (24' st Raspadori), Elmas, Kvaratskhelia (36' st Politano). A disp.: Idasiak, Gollini, Juan Jesus, Østigård, Gaetano, Bereszinski. All.: Spalletti
ARBITRO: Kovács (Romania)
MARCATORI: 40' Bennacer (M)
AMMONITI: Zielinski (N), Bennacer (M), Di Lorenzo (N), Anguissa (N), Saelemaekers (M), Rrahmani (N), Calabria (M)
ESPULSI: Anguissa (N)

Tabellino, 30ª giornata, 15 Aprile 2023

Napoli - Verona = 0-0
NAPOLI (4-3-3): Meret, Di Lorenzo, Kim Min-Jae, Juan Jesus, Olivera, Anguissa, Demme (19' st Zielinski), Elmas (28' st Lobotka), Politano (39' st Zedadka), Raspadori (28' st Osimhen), Lozano (19' st Kvaratskhelia). A disp.: Marfella, Gollini, Rrahmani, Mario Rui, Østigård, Zerbin, Bereszinski. All.: Spalletti
H. VERONA (4-4-2): Montipò, Faraoni (25' st Terracciano), Dawidowicz, Hien, Ceccherini (20' st Coppola), Lasagna (42' st Ngonge), Tameze, Abildgaard, Depaoli, Duda (25' st Verdi), Gaich (20' st Đurić). A disp.: Berardi, Perilli, Braaf, Kallon, Cabal, Sulemana. All.: Zaffaroni
ARBITRO: La Penna
AMMONITI: Ceccherini, Terracciano, Dawidowicz (H)

Tabellino, Ritorno Quarti di Finale Champions, 18 Aprile 2023

Napoli - Milan = 1-1
NAPOLI (4-3-3): Meret, Di Lorenzo, Rrahmani (29' st Østigård), Juan Jesus, Mario Rui (34' Olivera), Ndombele (18' st Elmas), Lobotka, Zielinski (29' st Raspadori), Politano (34' Lozano), Osimhen, Kvaratskhelia. A disp.: Idasiak, Gollini, Bereszynski, Gaetano. All.: Spalletti
MILAN (4-2-3-1): Maignan, Calabria, Kjær, Tomori, Theo Hernandez, Tonali, Krunić, Brahim Diaz (14' st Messias), Bennacer, Leao (39' st Saelemaekers), Giroud (23' st Origi). A disp.: Mirante, Ballo-Touré, Rebić, Kalulu, Florenzi, Thiaw, Pobega, Gabbia, De Ketelaere. All.: Pioli
ARBITRO: Marciniak (Polonia)
MARCATORI: 43' pt Leao (M), 48' st Osimhen (N)
AMMONITI: Theo Hernandez, Maignan (M), Di Lorenzo (N)

Tabellino, 31ª giornata, 23 Aprile 2023

Juventus - Napoli = 0-1

JUVENTUS (3-5-1-1): Szcz☐sny, Gatti, Rugani, Danilo, Cuadrado, Miretti (16' st Di Maria), Locatelli, Rabiot, Kostić (16' st Chiesa), Soulé (21' st Fagioli), Milik (45' st Vlahovic). A disp. Alex Sandro, Di Maria, Pinsoglio, Vlahovic, Chiesa, Bremer, Paredes, Bonucci, De Sciglio, Perin, Fagioli, Pogba, Iling-Junior: Allenatore: Allegri

NAPOLI (4-3-3): Meret, Di Lorenzo, Kim Min-Jae, Juan Jesus, Olivera, Anguissa, Lobotka, Ndombele (23' st Zielinski), Lozano (23' st Elmas), Osimhen, Kvaratskhelia (41' st Raspadori). A disp. Zerbin, Rrahmani, Bereszynski, Marfella, Demme, Elmas, Raspadori, Gaetano, Zedadka, Østigård, Gollini, Zielinski. Allenatore: Spalletti

ARBITRO: Fabbri

MARCATORI: 48' st Raspadori (N)

AMMONITI: Locatelli, Rabiot, Fagioli, Di Maria (J)

Tabellino, 32ª giornata, 30 Aprile 2023

Napoli - Salernitana = 1-1

NAPOLI (4-3-3): Meret, Di Lorenzo, Rrahmani, Kim Min-Jae, Olivera (38' st Juan Jesus), Anguissa (45' st Ndombele), Lobotka (44' st Simeone), Zielinski (15' st Raspadori), Lozano (15' st Elmas), Osimhen, Kvaratskhelia. A disp.: Gollini, Marfella, Bereszynski, Østigård, Zedadka, Demme, Gaetano, Zerbin. All.: Spalletti

SALERNITANA (3-4-2-1): Ochoa, Daniliuc (41' st Lovato), Gyomber, Pirola, Mazzocchi (23' st Sambia), Vilheña (23' st Piatek), Coulibaly, Bradaric (23' st Bohinen), Kastanos, Candreva (1' st Botheim), Dia. A disp.: Fiorillo, Sepe, Bronn, Ekong, Maggiore, Iervolino, Nicolussi Caviglia, Bonazzoli. All.: Paulo Sousa

ARBITRO: Marcenaro

MARCATORI: 17' st Olivera (N), 39' st Dia (S)

AMMONITI: Zielinski, Olivera (N), Daniliuc, Pirola (S)

Tabellino, 33ª giornata, 4 Maggio 2023

Udinese – Napoli = 1-1

UDINESE (3-5-1-1): Silvestri, Becao, Bijol, Perez, Ehizibue (37' st Ebosele), Samardžić (37' st Thauvin), Walace, Lovric (33' st Arslan), Udogie (29' st Zeegelaar), Pereyra, Nestorovski. A disp. Ebosele, Arslan Zeegelaar, Thauvin, Masina, Abankwah, Padelli. Semedo, Guessand, Leonardo Buta, Piana. All.: Sottil

NAPOLI (4-3-3): Meret, Di Lorenzo, Rrahmani, Kim Min-Jae, Olivera, Anguissa, Lobotka, Ndombele (19' st Zielinski), Elmas, Osimhen, Kvaratskhelia (41' st Lozano). A disp: Juan Jesus, Demme, Marfella,

Simeone, Bereszynski, Zerbin, Zedadka, Østigård, Gaetano, Raspadori, Gollini. All.: Spalletti
ARBITRO: Abisso
MARCATORI: 13' pt Lovric (U), 7' st Osimhen (N)
AMMONITI: Ehizibue (U)

Tabellino, 34ª giornata, 7 Maggio 2023
Napoli - Fiorentina = 1-0
NAPOLI (4-3-3): Gollini, Di Lorenzo, Kim Min-Jae, Østigård, Olivera, Anguissa, Demme (1' st Lobotka), Elmas (39' st Zerbin sv), Lozano (45' Kvaratskhelia), Osimhen (32' st Simeone), Raspadori (1' st Zielinski). A disp.: Meret, Marfella, Juan Jesus, Rrahmani, Bereszynski, Zedadka, Ndombele, Politano, Zerbin, Gaetano. All.: Spalletti
FIORENTINA (4-2-3-1): Terracciano, Dodo (1' st Venuti), Milenković, Igor, Terzić, Amrabat, Duncan (21' st Mandragora), Gonzalez, Bonaventura (21' st Castrovilli), Sottil, Jović. A disp.: Cerofolini, Vannucchi, Biraghi, Ranieri, Saponara, Ikone, Bianco, Barak, Brekalo, Kouamé. All.: Italiano
ARBITRO: Marchetti
MARCATORI: 29' st rig. Osimhen (N)

Tabellino, 35ª giornata, 14 Maggio 2023
Monza - Napoli = 2-0
MONZA (3-4-2-1): Di Gregorio, Izzo (38' st Antov), Marlon, Caldirola, Ciurria, Pessina (38' st Machin), Rovella (31' st Sensi), Carlos Augusto, Mota Carvalho, Caprari (24' st Birindelli), Petagna (38' st Carboni sv). A disp.: Cragno, Sorrentino, Donati, Pablo Marì, Barberis, Gytkjær, Valoti, Ranocchia, D'Alessandro, Vignato. All.: Palladino
NAPOLI (4-3-3): Gollini, Bereszynski (17' st Di Lorenzo), Rrahmani, Juan Jesus, Olivera, Anguissa (18' st Raspadori), Lobotka (35' st Simeone), Zielinski, Elmas (17' st Politano), Osimhen, Zerbin (1' st Kvaratskhelia). A disp.: Meret, Marfella, Kim Min-Jae, Østigård, Zedadka, Demme, Gaetano, Ndombele. All.: Spalletti
ARBITRO: Abisso
MARCATORI: 18' pt Mota Carvalho (M), 9' st Petagna (M)
AMMONITI: Caldirola (M), Elmas (N)

Tabellino, 36ª giornata, 21 Maggio 2023
Napoli – Inter = 3-1
NAPOLI (4-3-3): Meret, Di Lorenzo, Rrahmani, Kim Min-Jae (29' st JuanJesus), Olivera, Anguissa, Lobotka, Zielinski (38' st Gaetano), Elmas (24' st Raspadori), Osimhen (24' st Simeone), Kvaratskhelia (38' st Politano). A disp.: Gollini, Marfella, Bereszynski, Mario Rui, Østigård, Zedadka,

Demme, Ndombele, Zerbin. All.: Spalletti
INTER (3-5-2): Onana, D'Ambrosio, De Vrij, Bastoni (13' st Acerbi), Bellanova (29' st Dumfries), Barella (13' st Brozović), Asllani, Gagliardini, Gosens (35' st Lautaro), Lukaku, Correa (29' st Dimarco). A disp.: Handanovič, Cordaz, Dzeko, Çalhanoğlu, Darmian, Akinsanmiro, Stanković. All.: Inzaghi
ARBITRO: Marinelli
MARCATORI: 22' st Anguissa (N), 37' st Lukaku (I), 40' st Di Lorenzo (N), 45'+5' st Gaetano (N)
AMMONITI: Elmas (N)
ESPULSI: Gagliardini (I)

Tabellino, 37ª giornata, 28 Maggio 2023

Bologna - Napoli = 2-2
BOLOGNA (4-3-3): Skorupski, Posch (29' st De Silvestri), Bonifazi (29' st Medel), Lucumì, Cambiaso, Ferguson, Schouten, Dominguez, Aebischer (15' st Sansone), Arnautović (15' st Zirkzee), Barrow (16' st Moro). A disp.: Bardi, Sosa, Lykogiannis, Pyyhtiä, Ravaglia. All.; Motta
NAPOLI (4-3-3): Gollini, Bereszynski, Rrahmani, Kim Min-Jae (33' st Juan Jesus), Olivera, Zambo Anguissa, Lobotka, Zielinski (41' st Gaetano), Zerbin (33' st Zedadka), Osimhen (21' st Simeone), Kvaratskhelia (21' st Raspadori). A disp.: Meret, Demme, Marfella, Di Lorenzo, Østigård , Ndombele. All.: Spalletti
ARBITRO: Marcenaro
MARCATORI: 14' pt Osimhen (N), 8' st Osimhen (N), 18' st Ferguson (B), 39' st De Silvestri (B)
AMMONITI: Dominguez (B), Kim Min-Jae, Rrahmani, Bereszynski (N)

Tabellino, 38ª giornata, 4 Giugno 2023

Napoli - Sampdoria = 2-0
NAPOLI (4-3-3): Meret, Di Lorenzo, Rrahmani, Østigård, Mario Rui (77' Bereszynski), Anguissa (80' Demme), Lobotka, Zielinski (67' Gaetano), Elmas (67' Raspadori), Osimhen (77' Simeone), Kvaratskhelia. A disp. Juan Jesus, Marfella, Zerbin, Zedadka, Ndombele, Gollini: All.: Spalletti
SAMPDORIA (4-4-1-1): Turk, Zanoli, Günter (46' Malagrida), Amione, Murru, Gabbiadini (89' Ntanda), Rincon (88' Segovia), Paoletti (90 Ilkhan), Augello, Leris, Quagliarella (87' Ivanović). A disp. De Lica, Yepes, Ravaglia, Tantalocchi, Lötjönen. All.: Stanković
ARBITRO: Feliciani
MARCATORI: 29' st rig. Osimhen (N), 40' st Simeone (N)
AMMONITI: Ilkhan (S)

Capitolo 11
Il giornalista fai da te: il giornalismo 3.0 e le skill digitali

Nell'era digitale in cui le nuove tecnologie hanno rivoluzionato ogni aspetto della nostra vita, e subito un'accelerazione, anche a causa della recente Pandemia, mi sono trovato di fronte a una sfida senza precedenti come giornalista: come adattarmi e restare rilevante in un panorama mediatico in continua evoluzione. È in questo contesto che ho scoperto di possedere un talento unico nel campo del *giornalismo fai da te*, utilizzando le nuove tecnologie come strumento per creare un format professionale innovativo e coinvolgente.

Ho scoperto di essere capace di creare contenuti accattivanti e professionali ovunque mi trovi, senza la necessità di costose attrezzature o di un'intera squadra di supporto. Questo è esattamente ciò che sono riuscito a realizzare. Armato soltanto del mio cellulare, di un cavalletto e di un'applicazione per le trasmissioni in diretta, riesco a portare i telespettatori in luoghi straordinari e a condividere storie emozionanti come se fossi al centro di una vera e propria redazione itinerante.

Il mio segreto risiede nella mia capacità di montare pezzi giornalistici completi, arricchiti da immagini, discorsi e interviste, creando un'esperienza coinvolgente per il pubblico. Con un semplice tocco del mio cellulare, posso trasmettere in diretta da luoghi lontani o da eventi in corso, portando i telespettatori al centro dell'azione. La mia abilità nel catturare momenti autentici e nel trasmettere emozioni attraverso lo schermo è ciò che mi distingue come un vero innovatore nel campo del giornalismo.

Ma qual è l'impatto di questo nuovo modo di fare giornalismo?

153

Innanzitutto, restituisce al giornalista l'autorevolezza perduta dopo l'avvento dei social, inoltre, offre una prospettiva unica e immediata sugli eventi e le storie che si sviluppano in tempo reale.

Grazie alla mia flessibilità e alla capacità di adattarmi rapidamente alle situazioni, sono in grado di offrire un'analisi approfondita e un punto di vista privilegiato, senza dover attendere le tradizionali squadre di ripresa o i tempi di produzione.

In secondo luogo, il giornalismo fai da te consente un coinvolgimento diretto con il pubblico. Posso interagire in tempo reale con i miei telespettatori, rispondendo alle loro domande, commenti e feedback, creando una connessione autentica e immediata. Questo tipo di interazione e coinvolgimento, non solo aumenta l'empatia e la fiducia tra me e il pubblico, ma permette anche di creare un dialogo dinamico che alimenta ulteriormente la narrazione delle storie.

Questa sorta di *giornalismo 3.0* si basa sulla mia passione e competenza nel settore sportivo. Grazie alla mia esperienza e conoscenza approfondita, sono in grado di fornire analisi tecniche accurate, interviste esclusive e approfondimenti sul mondo dello sport. Il mio stile unico e coinvolgente attira gli appassionati di sport e gli spettatori in cerca di contenuti autentici e di qualità.

Non c'è dubbio che il *giornalismo fai da te* rappresenti una grande opportunità per testate giornalistiche e trasmissioni sportive televisive. La mia professionalità, abbinata alla mia capacità di creare contenuti coinvolgenti e di alta qualità, mi rende un candidato ideale per collaborazioni e opportunità professionali. Il mio approccio innovativo e la mia presenza dinamica sui social media attirano un vasto pubblico e offrono un'opportunità unica per raggiungere nuove fasce di telespettatori.

Il giornalismo 3.0 è qui per restare, e io sono al centro di questa rivoluzione. La mia abilità nel combinare le nuove tecnologie con la mia esperienza giornalistica offre una nuova visione del giornalismo, che è più immediata, coinvolgente e autentica che mai. Il mio lavoro è una testimonianza vivente dell'innovazione nel campo dei media e un'ispirazione per tutti coloro che cercano di spingere i confini del giornalismo tradizionale.

Ho dimostrato come il giornalismo fai da te possa superare le barriere tradizionali, permettendo a chiunque abbia una storia da raccontare di farlo in modo accessibile e coinvolgente. Il mio esempio conferma che la tecnologia ha aperto nuove porte per il giornalismo, democratizzando l'accesso e rompendo gli schemi convenzionali.

Per me ogni reportage diventa un'avventura emozionante che cattura l'attenzione del pubblico e lo trascina nel cuore dell'azione. Grazie alle mie capacità di editing e montaggio, unite al mio talento nel comunicare, riesco a produrre contenuti visivamente accattivanti e ricchi di informazioni.

155

Il *giornalismo fai da te* non è solo una questione di strumenti e tecnologie, ma anche di mentalità. La passione per la scoperta e l'esplorazione, dimostrano che la vera essenza del giornalismo risiede nell'abilità di raccontare storie umane e di farle vivere nel cuore di chi le ascolta.

In un'epoca in cui i tradizionali modelli di giornalismo stanno diventando obsoleti e costosi, penso di potermi definire un precursore e un innovatore, che ha aperto nuove strade ai giornalisti di domani.

Mi auguro che il mio *modello* possa ispirare chiunque abbia una passione per la narrazione e un desiderio di creare contenuti significativi a seguire le mie orme, poiché sono sicuro che il *giornalismo 3.0* rappresenti una svolta epocale per il mondo dei media, ed io in questo momento rappresento il volto di questa rivoluzione.

Ringraziamenti

È con il cuore pieno di gioia e gratitudine che scrivo queste parole per ringraziare coloro che hanno reso possibile la realizzazione di questo libro e che mi hanno accompagnato nello straordinario viaggio della conquista del terzo scudetto.

A mia madre, che mi ha insegnato a non mollare mai, anche nei momenti più bui e tormentati della vita, con la sua infinita forza mi ha trasmesso il coraggio di perseguire i miei sogni.

Ringrazio mio padre, l'uomo che mi ha insegnato che si può superare qualsiasi ostacolo della vita con la forza di volontà, andando oltre il destino. È stato il mio primo, il mio più grande tifoso e fan della tv. E sono certo sarà stato orgoglioso di me.

Un ringraziamento speciale va al mio amico ed operatore Fabio; senza di lui, la sua telecamera sempre presente e la sua grande pazienza e professionalità non ce l'avrei fatta.

A mia cugina Federica, praticamente una sorella acquisita, con la quale fin da piccoli abbiamo condiviso la stessa passione per il calcio, il Subbuteo e persino la boxe…Insieme, abbiamo giocato interminabili partite tra quattro mura domestiche delle rispettive camerette, con porte volanti e prati verdi di campetti immaginari.

Il ringraziamento più profondo va tutti i tifosi del Napoli che hanno contribuito a rendere questa stagione indimenticabile. I vostri cori e il vostro amore per la squadra sono stati l'energia che ha alimentato ogni singola vittoria in casa e in trasferta.

Avete dimostrato un attaccamento alla maglia e alla città, avete colorato d'azzurro e urlato la vostra passione in tutti gli stadi italiani.

Un pensiero speciale va a coloro che, purtroppo, non hanno potuto godere per il terzo tricolore. So che avreste voluto esserci, celebrare con i vostri cari ogni gol e abbracciarvi tutti insieme appassionatamente. Questa vittoria è anche per voi.

Infine, ringrazio i lettori, per aver scelto questo libro, spero che leggendo queste pagine possiate sentire la passione che da sempre ho avuto per il Napoli che mi ha guidato e la grandezza di quest'avventura che si è trasformata in un sogno diventato realtà.

A tutti voi, di cuore, grazie.

Manuel

Contatti

Inquadra il QR CODE o accedi con il link qui sotto
al mio Account Instagram
https://www.instagram.com/manuelparlato/?hl=it

Inquadra il QR CODE o accedi con il link qui sotto
al mio Account Facebook
https://www.facebook.com/manuelparlatofficial/

Inquadra il QR CODE o accedi con il link qui sotto
al mio Account TikToc
https://www.tiktok.com/@manuelparlato?
_t=8e8rshFfFhj&_r=1

Inquadra il QR CODE o accedi con il link qui sotto
al mio Account Twitter
https://twitter.com/manuelparlato?s=21&t=-
d_Wh-muDjXghGmMaKrjqw

Inquadra il QR CODE o accedi con il link qui sotto
al mio sito web
www.manuelparlato.it

Inquadra il QR CODE o accedi con il link qui sotto
al mio Canale YouTube
https://youtube.com/@manuelparlatowebtv

Sponsor

Inquadra il QR CODE o accedi con il
link qui sotto al sito di Sportitalia
https://www.sportitalia.com/

Inquadra il QR CODE o accedi con il
link qui sotto al sito di Canale 21
https://www.canale21.it/

Inquadra il QR CODE o accedi con il link qui sotto al sito di Vincitunews https://www.vincitunews.it/

*Inquadra il QR CODE o accedi con il
link qui sotto al sito di Centro Augusto
https://centroaugusto.it/*

Inquadra il QR CODE o accedi con il
link qui sotto al sito di Res resine
https://www.resresine.com/

WWW.DWSMODEL.IT

Printed in Poland
by Amazon Fulfillment
Poland Sp. z o.o., Wrocław
13 December 2023

8992d949-dd87-47b5-a92e-1cef1f817278R01